万物相逢一个家
——周承强生态诗选

周承强 ◎ 著

光明日报出版社

图书在版编目（CIP）数据

万物相逢一个家：周承强生态诗选 / 周承强著. --北京：光明日报出版社，2021.11

ISBN 978-7-5194-6029-7

Ⅰ.①万… Ⅱ.①周… Ⅲ.①诗集—中国—当代 Ⅳ.①I227

中国版本图书馆CIP数据核字（2021）第244368号

万物相逢一个家——周承强生态诗选
WANWU XIANGFENG YI GE JIA——ZHOU CHENGQIANG SHENGTAI SHI XUAN

著　　者：周承强	
责任编辑：谢　香　徐　蔚	责任校对：傅泉泽
封面设计：李尘工作室	责任印制：曹　净

出版发行：光明日报出版社
地　　址：北京市西城区永安路106号，100050
电　　话：010-63169890（咨询），010-63131930（邮购）
传　　真：010-63131930
网　　址：http://book.gmw.cn
E - mail：gmrbcbs@gmw.cn
法律顾问：北京兰台律师事务所龚柳方律师

印　　刷：天津画中画印刷有限公司
装　　订：天津画中画印刷有限公司
本书如有破损、缺页、装订错误，请与本社联系调换，电话：010-63131930

开　　本：152mm×230mm　　印　　张：18.75
字　　数：130千字
版　　次：2021年11月第1版
印　　次：2021年11月第1次印刷
书　　号：ISBN 978-7-5194-6029-7
定　　价：88.00元

版权所有　翻印必究

目录

第一辑 美丽中国彩

脚盆鼓响天动地……………………… 003
清明探亲…………………………… 004
王嫂扫地…………………………… 005
垃圾搬运工………………………… 007
镇街环保员………………………… 008
天井消失…………………………… 009
又见乡间正屋……………………… 010
树下有应…………………………… 011
拾叶小孩…………………………… 012
秋回故乡…………………………… 013
力翱天地…………………………… 014
江天一色…………………………… 015
酒香梦深…………………………… 017
不看你们归处……………………… 018
盆地飞花…………………………… 019
空心砖有心………………………… 020
黄昏的故乡………………………… 022
飞行叶片…………………………… 023
大地回归平静……………………… 024
与狗和平共处……………………… 026
公筷无私无畏……………………… 027
坡上种下一片春天………………… 028
风月无边…………………………… 029

万物相逢一个家

第一辑 美丽中国彩

- 指数升高 …… 030
- 酸雨幻象 …… 031
- 什么声音没完没了 …… 033
- 村庄已无猪圈 …… 035
- 无花果情怀 …… 036
- 桑叶婆婆 …… 038

第二辑 峰峦入云阔

- 月光一言不发 …… 041
- 溪水从不静止 …… 043
- 尘埃壮阔 …… 044
- 故人随风消失 …… 046
- 鹰在人上 …… 047
- 低矮小草 …… 048
- 庭毫山向西 …… 050
- 苍鹰盘旋不停 …… 051
- 蕉树显得遥远 …… 052
- 夕照菜地 …… 054
- 种草味道 …… 056
- 蝴蝶迎舞山峦 …… 057
- 阔叶遮眼 …… 059
- 吆喝林涛 …… 061
- 深秋的痕迹 …… 063
- 又见香椿 …… 064
- 松树叫魂 …… 065
- 站成靖西水杉 …… 066
- 低处有声 …… 067
- 鸟儿远飞 …… 069

目 录

第二辑 峰峦入云阔

峡谷车道	071
山峦复原	073
深秋氛围	074
画眉不知所终	075
梦中蚱蜢	076
翠鸟作伴	077
山色变化	078
枫叶隐藏秘密	079
枫叶多变	080
春色无声	081
岩石不再温顺	082
金银花开	083
十二月在南方	084
想起杜鹃姑娘	086
木叶吹天	087
坑道时光	089
鸟鸣清脆	090
夜色如雾	091
界山入云	092
心儿自己安静	094
秋风无序	096
鸟雀无界	098
曾经野鸭成群	099
秃鹰重现	101
失态雨花	102
飞行诀窍	103
虫鸣有变	105
犀鸟打盹	106

第二辑 峰峦入云阔

铜铃山石	107
再过西塞山	109
四明山偶遇	110
山色辽阔	113
小路阔过云天	115
拥树自立	117
山峦模糊不清	119
竹溪寿星	120
老兵如鹰	122
途经丛林	123
野果遍山	124
等一只鸟	125
渴望遇见生人	126
哨所慢拍	128
与花雀	130
山谷移芦根	132
三爷压青苔	133
苍术有威	134
晒当归	135
鹰飞过杜仲林	136
石头不变	137
空气比人渺小	138
阳逻银杏	139
高原色	141
老村壁画	143
法卡山喊山	144
草莽时光	146
跟着小鸟出发	148

第三辑　佳景为你靓

陈子墩的软肋	151
冰臼出世	152
千孔阵	153
沸锅热灶	154
丽江天籁	156
古道茶香	158
扬州硬骨	160
春天色彩	162
油菜花香	164
早春有声	166
春曲悠扬	167
怪坡的哲学	168
黄石原色	170
傍晚的枫树	171
石头的硬度	172
晋枣秋红那叫甜	173
虫子爬过门槛	174
在阚家塘老屋	175
悬天飞瀑	176
艾叶插楣	177
花开黄姚古镇	178
禅修时分	179
山中觅师	180
名城印象	181
天狮舞	183
滇红山水色彩	185
荥阳铁骨雄风	186
金昌和气有声	189

第三辑 佳景为你靓

月过犁靬古城	190
泉响鹿门山	191
过隐水洞	192
铜绿山观矿	194
偶过铁山坑	195
美猴岭奇遇	196
虹飞洛阳桥	197
温顺叶子	198
路边朴树	199
什么鸟林中鸣叫	200
栎树多福	201
与椴树有关	202
空气带不走	203
镜子是空的	204
廊棚云天	205
石皮弄炼心	206
环秀桥有虹	207
西塘花窗	208
北碚叶脉画	209
神鹰峡浴眼	210
王家大院看人	211
敬业堂听声	212
夜猫子集照亮窑湾	213
铜石响鼓数北流	214
和平古镇三禁碑遐思	215
邵武方言	217

第四辑 水色连天妙

饮用水源	221
有色水体	222
听琴百丈漈	223
瘦西湖肥扬州	225
洁净甘河	227
磁湖无石	228
扬州花筒	229
鸟雀飞过省界	230
天岳明净	231
佛沙化水	232
营边小河	233
知音湖的鸟	235
沉湖的大雁	236
秋浦河的秋色	237
云上浣花溪	238
瀼水酒香鱼肥	240
一条河的动静	242
唤江为乡	243
温泉见人浩荡	244
蓝藻荡漾鱼塘	245
赤潮与其他生物	246
雪花飘浮世界	248

第五辑 生态长诗选

生命之源
——写给中华水塔三江源……251

序曲：云起高原……251
一、生态回击往往出人意料……252
二、这儿曾经水贵如油……254
三、三江源之光：国家战略方兴未艾……255
四、人类给草场动物让出家园……257
五、鹰鼠大战复苏草木花色春意……258
六、复活湿地壮阔生命摇篮……259
七、湖泊数不胜数孕育万物之灵……260
八、消灭黑土滩再现草低见牛羊盛景……262
九、生物多样性开启和谐共处风帆……264
十、高原灿烂：跋涉者踏亮希望之光……266
十一、人羊形影不离温馨天地……268
尾声：山高水远……270

希望绿洲
——写给国际治沙典范塞罕坝的赞歌…272

序曲：人吹号角……272
一、老故事已经陌生……273
二、三代接力不过平常事……275
三、种子不活希望还在……277
四、打开魔盒的是风骨……278
五、放开平衡，自然界没有大战……280
六、有些东西突如其来……281
七、一生种树只想做颗绿色种子……283
八、智慧从科技开始灿烂……285
九、动植物惊艳山林迎客欢……286
十、美丽与世界一起分享……288
尾声：时光无限美好……289

第一辑

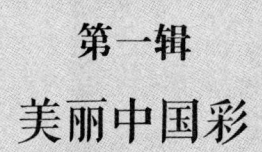

美丽中国彩

脚盆鼓响天动地

天色微暗,在幕阜山鸭子不懂哭泣
大摇大摆走路横看天空
羊群热爱翘首,溪水居高临下
仿佛要展示山岳的气势
山里人性格硬朗,说话不爱拐弯
有事无事敲鼓应对,山角地头咚咚作响
大事小事击鼓作答,声震远近独领神韵
你瞧鼓声覆盖了忧伤的虫吟
亲人故去,鼓乐齐鸣送行不舍
新人进门,鼓乐相迎欢乐开怀
其中奥秘老人说得神乎其神
铿锵鼓声里山岳起舞万马奔腾
幕阜山家家悬鼓示富,尊崇有加
我看到一个走失亲人的胖婶不显悲伤
对着月光覆盖的山路敲鼓呓语
天地震荡山呼海啸,声息灵异
碰到熟人一言不发,手臂呈敲鼓姿势
溪水顺着山势淌出阵阵鼓声

2018年1月12日

清明探亲

一年未见，你们居地又有变化
清明草开满花朵，比去年笑得更欢
金樱子、杂毛草和刺藤拱起老高
一镰刷去，虚空一大截
像你们生前瘦骨嶙峋的腰身
坟包下沉许多，形状不太规则
什么东西使你们还像从前一样不堪重负
据说空气多了一些颗粒，水中含铅
这些你们是否还和从前一样无法拒绝
有些事物不用担心，比如转基因蔬菜
你们生前舍不得购买，挑粪自种为乐
比起去年周围环境更寂静了，鸟鸣少了
杉树缺乏修剪，碎草封路青藤复活
村庄的孩子少了许多，没有以往吵闹
你们不喜的生育瓶颈有些松动，可儿媳老了
而我有些驼背，很多事情承受不住
这世界太喧嚣，日子防不胜防
你们衣服还像儿时一样宽大就好
我想钻进里面哭一阵，让心灵安静一会

2018年4月7日

王嫂扫地

她最早起床修整大院,太阳没起来
黎明交响曲规律响起,扫把动听
落叶大风和她的力量唱了主角
有她大院干净,风吹着清爽
小孩夸她斗士,狠过奥特曼军团
风卷垃圾双手残酷无情
天光模糊中,月亮深情辞别
露水拥着嫩芽迎她捧她
大院整容复杂,清洁的不只大地
人心欢快,天空随她手姿优美
零乱不被允许,花坛修得亮丽
沙沙声是报时器劳动曲
很多人说是大院的免费配乐
给生活插花拿最少的工资
为孙子学费多套现她不要保险
说老家养老简单,转手续太麻烦
后来拿得更少,超龄不能续签合同
她哀求着不愿离开随便给点都行
说孙子千里外刚来城市念书
一个大院小孩看不起的民工学校

万物相逢一个家

这位没退休金的人对大院热情不减
每天赶早手臂越来越轻声音越来越小
有人投诉她一大早弄出很多噪音
现在动作轻微几乎没什么大响
像她的名字微不足道都叫她扫地的
住大院偏房没多少人唤她王嫂
默默无闻的她创造不少美院奇迹
似乎与我们的美好生活密不可分

2021年9月27日写于广州6号线地铁上

垃圾搬运工

每天清晨迎着雨露开进小区
高楼望去灰色罐车如浮云流动
停好位置矮瘦司机微笑下车
对外界永远一副亲切面孔
与高个配合默契，开厢举桶自如
轻松举扬中不同垃圾去了归处
没有丝毫遗漏动作一气呵成
简单开举中日子翻开新历
他们搬完旧桶轻松放下新桶
仿佛开启一次有趣游戏
规则里各有归宿，犯忌会受惩罚
五光十色中他们收走大院累赘
老人敲着罐车埋怨转运点太近
他们比画着耐心解释标准距离多远
每遇遗漏双层带罩小心收取
这是额外服务他们说清洁没有界限
个个工资不高负荷超高神色从容
不见他们小区老人惴惴不安

2021年9月28日写于广州6号线地铁上

镇街环保员

风来雨去,像鸟传递花粉
有厂地方忙碌,行动不受欢迎
江湖河泊背着仪器测过
花草林带日夜巡视阴影
有气地方闻味而动空气最大
险滩污地闻臭而怒环境最亲
不怕别人生气笑对无理取闹
从不放过疑点,比猎犬嗅觉灵敏
铁面应对挑战,比战鹰扑鼠凶狠
没权执法不当草人,攥紧铁锤配合
有他们,县执法队平添千里眼
待遇不高,加班不少有报必到
日夜大惊小怪为鸟语花香奔波
到处不讲情面为别人欢歌笑唱咬牙
有他们走过,小区窗明几净
大地一尘不染江湖清澈可饮
百兽草地开舞,河流吹奏欢乐颂
果熟工厂透亮,天空不挂窗帘

2021年9月30日写于广州6号线地铁上

天井消失

这个词语正在消失,不是天井责任
老屋没有章法,天井无可奈何
这是一个不出门也能看天的地方
不只闺房小姐,还有咿呀学语小孩
在这儿对空数星,与月亮对话
沉默多日也会说几句悄悄话
一群喜燕从天井飞进老屋筑巢
云彩乖巧区分时段亲近故人
一些淤积废水经天井散向远方
喜怒哀乐丰富了天井的生命色彩
一人最无助时,老屋天井给你希望
让你看到阳光还会穿过缝隙前来相聚
一个个坚信天井藏着老屋的魂魄
即使老屋损拆殆尽,天井也会收好记忆
等待主人回来领取,找到新的发现
它不会消失,只是坐进大地深处
植被做衣星星当灯稍事休息一会

2018年2月6日

万物相逢一个家

又见乡间正屋

墙上没什么讲究,偶贴年画
多数农户不做粉刷不吊宝顶
砖路纵横交错演绎一些八卦
任红砖原色拓展小孩想象空间
乡间正屋都比城里宽阔高大
一张木床四平八稳提示怠慢不得
这是主人寝室,故事核心所在
有的偶施粉黛墙纸贴面喜字当头
打扮迎接新主人啊好多陈设换样
锣鼓咚锵揭开新一轮家族循环
生儿育女永远是重头戏,不得罢演
有些家事父子情节雷同,主人相异
霹雳手段只在婆媳间出神入化
斗得再激烈也得喊娘,寸草报春
吵得再凶狠也要带好孙,枝繁叶茂
正屋事儿大小都是家事,出门不露风声
争得再天昏地暗爸是爸儿是儿
事到临头还是咱爷儿说了算
乡间正屋呀热闹着自己的热闹

2018年2月12日

树下有应

这些孩子昙花一现，意味着什么
来时他们没有树的概念对世界无知
走时与树同在，包裹缠枝略显夸张
与岁月一起化解，微末融入树干
茁壮成长参天探月，完成未知意愿
这些孩子存世不长，据说还没开眼
便坠入无边朦胧，惊起叹息一片
有说睁眼即闭，没看清人世精彩
没有打磨年轮，尝过生活浆果
没有牵手情侣，分享幸福的厚薄
当然也没挑灯夜读，熬心供房养老
这些没长大的孩子与烦恼伤病无关
没爱过别人却被父母宠爱过
也曾点燃希望之灯，人世占过位子
看那些茂密森林，能感觉他们的存在
超越界限，一些解释人类诉说不清

2018年2月19日

万物相逢一个家

拾叶小孩

天桥边小孩捡起一片黄叶
投放绿桶书包翘起老高
太阳闪烁其上没他头大
他欢快穿越花丛矫健有力
一行人跟行铿锵作响
阳光明炽投射远街近巷
小孩昂首前行一路葵花闪烁
天桥拱如长虹，榕树腾飞高楼
天地恢复洁净，扫街人按时打卡
城市之帏开合有度，偶尔落叶

2021年9月19日

秋回故乡

秋天回到故乡，稻香还浓
回到周家老屋，儿歌还熟
一人静静安坐堂屋不乱不躁
泪水喷涌时刻，鸟儿不飞
燕子呢喃鸣谢堂上祖宗
先人守卫寂寞祖屋劳苦功高
梦里抚颊谅解儿孙无为
悄悄放我远行，任岁月老去

秋天回到生命源头，梦还温暖
回到青葱徐家山，亲情还浓
一人默默跪坐坟尾，心不苦
哭泣出声时，百鸟不惊
风声伴谢勤劳的奶奶和父母
铸就儿孙忍苦乐生的坚毅情怀
夜里乡音好听，逐月畅人心魄
亲人就着星光唤着乳名
幸福沿着村道漫延，虫声淡远

2021年2月6日

万物相逢一个家

力翱天地

一直飞翔，未见形先闻声
也许尖峰阻挡，乌云遮拦
也许苦汁喷溅，败影笼罩
雨里一声叫，多少泪水忽略不计
风中一声啸，多少霜雪不值一提
啁啁吼叫划出一道道闪电
天空哪有路，不过是强者脚印
有你同行，世界变得比梦精彩
从未停歇，穿云破雾腾飞
拼在蓝天展示收获的舞蹈
立在大地倒映搏击的雄姿
心藏明镜多少日食权作向导
胸怀梦想多少险峰只算路标
世间多彩，没有一朵花无故开苞
只有走过，才会闻出芬芳的别味
只有爱过，才会嗅出甜蜜的香甜

2021年2月26日

江天一色

洁白梨花开遍琴台朵朵呼应
江涛层层相拥气势此起彼伏
彩云牵手高天一路不分彼此
一种心灵力量无穷无尽
每一声呼唤江天深处有应
神交多年诗友千里来聚江城
谈诗作画轻松游赏大街小巷
募捐箱前献款动作顷刻被重复
一股暖流经千万双手臂传递
这世界浸泡爱海，无数旅人心暖
罕见雪灾在人手羽化无踪
特大洪峰人墙前软弱无力
花粉传种故事不胫而走
爷爷害怕失传的牙雕手艺难度奇高
孙子完整继承光荣走上非遗讲座
说是空间大小决定时间长短
粉店老杨不幸走失的儿子
突然被乞丐常客热心送回

> 万物相逢一个家

这使爱心接力受人关注
孤儿院团结合唱刻骨铭心
江天宽阔百鸟叫欢行人纷纷

2021年2月27日

酒香梦深

这是海边梦园不跟星星对眼
瑞事临酒庄饮口干白够劲
心兔欢快梦中人街头给别人打伞
葡萄甜味环绕，都说人闲多事
赤霞珠贵人香滴翠，有酒当喝
美酒深处是故乡啊失意人不归
今夜我是唯一王子把梦想关住
月光姑娘江边起舞面向高天
到处是盼归招手与梦无关
远行将士如逢故人天光尚早

这是快乐城堡不与亲人对话
瑞事临酒庄跳曲华尔兹腿脚轻快
失恋情人踏梦归来年事已高
啜饮漫天情怀燃亮快快心境
琵琶深处走来流失时光
催归马蹄不知迷途何方
干完这杯干红把心交给月亮
今夜无人醉卧沙场把门窗打开
葡萄使每一颗心甜在梦里

2021年2月28日改定

> 万物相逢一个家

不看你们归处

甜麻梵天花铺路村庄少了喧闹
杉林隔得远，鬼针草摇着白花
田菁花比赛娇艳，篱栏网高缠
蟛蜞菊带路不知你们节日可好
路口放钱不烧，护好天眼地鼻
你们白天或黑夜来取不好估算
爸妈，这些冥钱今年物价上涨
都说阴界相似不知你们钱够花吗
是否还像生前一样捉襟见肘
紫色五爪金龙蹒跚爬满小路
通灵紫花没有带来一丝消息
老屋昨夜失眠，未见任何托梦
不敢眺望你们归处，山体寂静
叶子花鸡蛋花抢红眼球构树孤立
多添一个中元节人世依然烦杂
你们坟前许再多夙愿不见起色
清风又刮一年菟丝子麻木封路
这一天做好孝子不弄脏大地
阳雀摇着决明花叫声陌生

2020年9月2日

盆地飞花

一人从盆地出发,天篮漏风
盆光衬托时光之箭,穿梦而过
薄雾中生命浮沉,盆地花样美好
心胸看不见,可把盆地拓宽
吞收挫折虎豹如临无底深渊
辉煌只是一句话,精髓是过程
一匹马漫漫旅途只剩憋尿记忆
大盆地收张自如星月自入其中

故交云上扬撒失意粉丝
带着花朵上路泪水留给雨雪
踩着荆棘前行,掌声拍给自己
幸运常常擦肩而过,冰雹突如其来
大群未知草木唱着小曲旋转
水牛猴子哞哞唧唧奔跑不安
哪有来生?傻瓜才会重蹈一条河
水明白聚宝盆就是河床自身
盆地韵味风说不清有梦偶尔萦怀

2020年12月25日

空心砖有心

砖无心，习惯把心交给别人
身子硬，爱做与时间比画的斗士
打碎一个个朝代，再凝结成块
压瘪一代代人故事，缩成砖粉
放在怀里播放的是今生，没古人
声光水影中炉渣矿屑压成砖王
重塑金身，从容逼退砖窑时空
烧结砖缩回害虫巢，大地安静
雷电烈日撵进百草园，花草平安
风霜雨雪挡在身外，楼房结实
无边污染还给汹汹尘嚣
赫赫噪音扔给凄怆噩梦，心境安泰
兄弟们抱团，经年岿然不倒
撑起的房屋小猫常年咪咪叫欢
一面墙守一段历史，不嫌贫爱富
一块砖护一片空气，不污天染地
这些微小颗粒从山地逶迤而来
这些煤矸石从漆黑矿井奔波而来
这些页岩碎屑从湿地挣扎而来
万种激情化为啾啾鸟群

有人叫这鸟砖瓦文明或爱心家园
回家游子在她怀里梳理孝心
起程旅人在她心里徜徉乡情
空心砖开屏的翅翼挂着史书
美好是砖瓦生活的唯一摇篮

2021年1月13日

黄昏的故乡

新年传说纷纭，冒险回到故乡
旺周大道越修越清晰，西天微红
白羊畈猪场总算拆除，彩霞笑满天
仿佛朝阳升起，白菜不打农药
办理低保艰难，癌症不好医治
这些唠叨不如玩狮子舞龙灯快活
一百面太阳高升九龙腾飞
一百面脚盆鼓震天龙灯劲舞
声势万马劲发，逐波腾云驾雾
山峦高低起伏，树木欲高天庭
久别先祖闻鼓应声，鱼虾复生
走在故乡沟渠，小草从容露面
杂交品种无处存身，土菜可口
一切重新开始，鸡鸭咯咯相欢

2021年1月17日晚于高铁上

飞行叶片

盘旋空中，开放彩云之上
像花束也像飞絮，成群结队相拥
一片片锋芒毕露互不相让
梦里气势壮阔，幻象林林总总
与地面腐叶尘埃无关
不曾低过山谷，杂交种颗粒无收
不曾停止飞翔，二舅肺癌不治

形色不一的叶片面目一新
与不离枝杈的叶片迥然相异
一片比一片飞得高，没了炊烟
一束比一束旋得快，有了雾霾
六角形的不可捉摸，时高时低
三角形的游移不停，颗粒透黑
单薄面的轻灵锋利，略带酸臭
目倦神疲时多数快过飞虫
撑着风儿辗转，鸟群被挤回巢穴

2020年12月26日

万物相逢一个家

大地回归平静

热闹原来可以停止，跟梦一样
一忽儿工夫商店关了，噪音散了
舞场靡靡乐曲戛然而止
灰尘跑好远，车溜了，人没了
案板上剁肉声蔫了
包括唧唧怪叫的蝙蝠，猜酒令
统统眨眼消失，比风快比云高
喧嚣退后的街面异常平静
柏油路面没消失，时间没回流
所以草儿没法像从前一样长出来
也不会有兔子麂儿蹦来蹦去
大地总算回归平静，回不到
盘古开天时刻，听声音近似从前
高楼和车还在，那些人跟宠物一起
躲在小区深处，只是暂时不露面
寂静看来是暂时的，有些场景
还会重现，土地无奈这是一种宿命
它想回到大自然初生时分

第一辑 美丽中国彩

而这连风儿也做不了主,能做主的
一直作践自己,突如其来的雨珠儿
解释不清,老是淅淅沥沥咒骂自己

2020年1月29日

万物相逢一个家

与狗和平共处

初遇立交桥下,其满怀敌意吠吠
被我扬手吓跑,追了它半条街
垃圾桶旁争抢剩饭,其作猛虎扑食状
被我蹲身惊飞,一只杂毛狗无足轻重
在正月相遇不知意味什么征兆
回想儿时传说一股神秘气息弥漫
像紧张氛围笼罩的城市不由自主
很多事出人意料,我们茫然失措
从劳力沦为多余人,睡梦无处栖身
这狗友啊更早迎来了流浪命运
是我惊扰了它立交桥下的小窝
生存让我们在寒冬成为朋友
我将讨来的剩饭一分为二
从医院打来两杯唯一可取的温水
与狗缩进立交桥洞吃顿安心年饭
夜车少得可怜,桥下不吵不震少风避雨
我们和被共眠,平静度过艰难岁月
生命握在手中,不如吃口热饭踏实

2020年2月28日

公筷无私无畏

像山里婆嫂任劳任怨包揽家务
一双公筷承包了七嘴八舌的需求
静处菜盘一隅,不属一方私有
多大力度也是一筷尺度,公心不变
多少回合也是一筷标准,准星不偏
旗帜鲜明地阻拦什么东西泛滥
身体力行地隔绝私欲虎豹横行
一双公筷默守食物干净的界线
不容干扰地维护生命尊严的距离
一阵风吹垮山里清规戒律牌坊
公筷挣出误解雾团,分发惊喜阳光
一双普通公筷成了宴席卫生使者
嘟哝中老人习以为常挥筷自如
年轻人笑得欢,平添一份高雅
幕阜山的宴席多了一套仪式
日子怎么咬着都脆笋般清洁爽口

2020年6月18日

万物相逢一个家

坡上种下一片春天

三月坡上种下一片春天
小小树苗撑起早春色彩
阳光瀑布一样倾泻下来
草花朵朵牵云彩山川秀美啊
郁结心胸顺着枝丫豁然开朗
禁锢一冬的泥土发出鸟语花香
小小杉树呀摇头晃脑
兰花说个个是春天的精灵啊
雨露藏在身上一无所知
掘出一排排树坑,荒坡露鬼脸
一张张春脸漾开笑口
偶尔挖到一九五八年的树根
这些树木前辈仰天长笑
说这才是春天啊多香的氧吧
绿叶就是蓝天的色彩啊
白云多像发芽的树种
孩子心花大街小巷迎风盛开
三月坡上种下一片春天

2021年8月16日改定

风月无边

残缺边缘走多了，会发生奇迹
也就免不了平坦那么一段
终点与起点有时是一个符号
关键在你自己，与星星无关

继续走的话，明月还当头
那些句号或逗号还会出现
像时隐时现的航标灯灵者有应
太多时候苦汁似乳白月辉
照耀每一条幽深莫测的小路

迷惘时一抬头月光正浓
划开冥空那船镰刀般切你两半
一半在黑暗中检点以往
一半在光明中开拓未来

巨大阴影里人比月圆
船儿自如地钻进钻出
一扇门就这样打开了
天地飘满灵感的雪花

2021年9月28日改定

万物相逢一个家

指数升高

上班头天父母嘱他勤过兔子
月薪三千不高,看远点总会上涨
环保员好名声,有益谈对象吹牛
领导没寒暄直接带他抽查某厂
嘟哝半天才知系根安全带爬烟囱
动作还是小时候掏鸟窝那两招
天奇冷不敢着棉衣怕影响麻利
人一下下攀升,过百米时开始吃力
打开检查仪手脚发麻差点忘记程序
想起上周培训讲解挺着再爬一层
数据出来时全身发麻动弹不得
风呜呜戏叫,地面领导焦急打手势
他感觉没什么,手脚悬空突然迈不开
直到接应同事救援才勉强爬下来
时间很慢听到鸟雀打开翅膀
领导说万幸啊好在人安全下来了
可是大气污染指数上升了
再看烟囱脸颊通红血压升高不少
上班一天最惊险的时刻已经过去

2021年8月13日

酸雨幻象

一头怪兽肆虐天地不闻形声
气状或粒状显身,模样不好描述
雨带酸液雪夹酸粒雾缠酸毛雹含酸块
不打招呼落到地面,称为湿沉降
尘含毛子风带酸丝气中含物悄无声息
不知觉中无处不在,称为干沉降
信不信都在身边张牙舞爪

肉眼看不见鼻子闻不着
能见能嗅时风云变色草被震颤
一些农作物突然死亡,稻草干枯
雕像悄然腐蚀,铜马斑驳不堪
森林憔悴,叶黄树枯不见生气
土壤酸化,鱼米之乡寸草不生
植物铝化过重,羊食中毒挣扎
大豆蔬菜蛋白质产量日渐减少
楼群水泥溶解,空洞裂缝纵横交错
景观变脏变黑,黑壳效应星火燎原
儿童免疫力下降,三天两头叫痛
眼部呼吸道怪病频发,云朵莫名其妙

万物相逢一个家

慢性咽炎支气管哮喘病追着老人不放
望不到边处一定有谁打翻了什么

大地责怪天空喋喋不休一脸愤慨
天空埋怨大地声泪俱下一脸无奈
雨雪溶解空中氮氧化合物面不改色
冰雹吸收煤中二氧化硫落地有力
雾霾喜欢汽车尾气不声不响捉迷藏
动物死尸植物败叶分解硫化物无影踪
海洋雾沫夹带硫酸抹花云朵脸嘴
雨云闪电有物合成一氧化氮不安分
对流层中化为二氧化氮兴风作浪
与水蒸气生成硫酸硝酸兄弟不可一世
体面的石油天然气放飞硫体甩赖空气
煤块偷放一氧化氮反复折腾充当功臣
铜铅锌冶炼中不甘落后，有气伴云跑
二氧化硫冲天一怒，积聚酸雨层十万大兵
大地母亲怀中翻滚搏击，天空只是道路
谁是过客谁是发明家，风自言自语没个准话

2021年8月15日

什么声音没完没了

窸窸窣窣天地辽阔不见形只闻声
天上过云五颜六色不像音源
地上花草缤纷多彩不发一声
声音时高时低入夜即响拍桌不散
时大时小进梦幻现驱赶不动
时有时无安装隔音窗昼夜不失

夜里上床老闻车声人哗
闭眼就有建筑工地机器隆隆
早上起来六神无主景象万千
有人神经错乱把瓜认成薯
有人突然血管痉挛生命垂危
有人失眠耳鸣声响中头痛欲裂
有人丢三落四提前衰老不认故交
有人闻声心跳加速指鹿为马
有人疲倦长夜多梦老现恶像
有人耳聋街边狂舞不回一声
有人眼痛视物不清流泪不停
穿越立交桥隔音装置声音无遮无拦
透过隔音玻璃不露真容声震寰宇

万物相逢一个家

戴上耳塞只有想象猛兽充耳不闻
那声音说不清无孔不入没完没了
人间奇妙，芸芸众生无可奈何
大地辽阔，花草宠物茫然不知
天空浩远，鸟儿也不知什么声音
一直不肯消失躲避不了抬眼便见

　　　　　　2021年8月16日

村庄已无猪圈

山村阔别多年，山坳披上新绿
不像儿时野猪出没，遇豹概率不大
村前屋后不见家猪闲游，路面硬化
小猪哼哼拱食的憨态止于童年
猪粪浇菜场景成为一种说笑
公猪上树更是奇闻，小孩茫然无知
猪圈成为遗址，堆些不三不四杂物
村庄没有猪味土壤干净，不见鸡屎
环保员勤快，隔三岔五检测变化
走过竹林不会踩上猪粪牛尿
这些祖辈偏爱物种集中某处山谷
据说活着不随便见人，似乎变得娇贵
缺少它们的村庄少了很多熟悉味道
风吹着树草香味，空气不闻猪臭尿骚
除了植被丰厚，水泥路面有城市感觉
在乡村，大群外出者丢失了童年猪仔
剩下不回返的中年，里外忙着梳妆打扮
想回到漂亮少年，不觉中叩响老年大门
村里老人长寿再破纪录，周末游客如织
一群猪消失弄得村庄陌生新颖，恍如隔世

2021年8月17日

万物相逢一个家

无花果情怀

着装灰褐色缀绿,一生朴素简洁
喜欢阳光雨露,情怀温暖如春
砂质红壤再差,厚道从不挑剔环境
扎下身子安心成长,棵棵根系发达
没水也能耐住酷旱,打磨中强大
不爱炫目耀眼,红花开在内心
剥开果核一眼灿烂,润到极致
无数芝麻脆相拥,咬着满口香甜
丰富元素蕴藏内部,入药灵验异常
顺手摘食或做蜜饯,随客开心就好
襟怀开阔欢迎观赏,四季都有惊喜
落叶不落心,分枝多样,情感丰厚
不小心碰伤流泪如奶,从不回击伤害
雄花瘿花最讲团结,共生一个内壁
密生苞片封住花柱头漏斗,讲究原则
只容无花果小蜂进入,谢绝外客干扰
雄蜂无翅,咬开瘿花帮雌蜂飞走
从容献身花托,雌蜂完卵也会涅槃
悄悄留下幼虫瘿花里重生新一代
单性也要结果,牺牲情怀浓厚

与人类亲切，一生致力奉献成果
经严冬结春果，历酷暑贡献夏华秋实
看着它硕大葱绿的样子内心满足
感觉季节咬口果实一样甜润

      2021年8月20日

万物相逢--一个家

桑叶婆婆

婆婆翻山越岭,有时不放空雨天
一人穿行鬼喊沟,喃喃对话百年树精
乐呵呵请回桑叶,烘干保存山珍
这叶片驱瘟辟毒,急时所向无敌
煎水奇效,逃生汉子对山膜拜
先祖如此打败千年瘴气,牛羊获生
干桑叶沿孙子网络善感四方
缺少桑叶的新年不算春天
婆婆夜思故亲,为桑叶迟到自责
清晨与太阳一起醒来采撷山精水华
这份不倦使幕阜山声名显赫
很多祖先在中药氤氲中活灵活现
述说一片叶就是一座爱山值得呵护
汉子服桑叶水,嗷嗷叫走四方不夭殇

2020年6月27日

第二辑

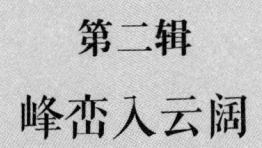

峰峦入云阔

月光一言不发

走进夏夜丛林跃入月光怀抱
月光腿脚轻柔来去无声
逢人一张软毯披肩附身
色泽温和随遇而安山河高远
伸手不着边际容量巨大
多少人坠入这滔滔恨海爱河
有时潮水破堤倾泻丛林一片
月夜有光牵手前路宽阔
回忆故人个个浮想联翩
月光里情撼天地斗转星移
月光里劳燕分飞物是人非
多少英雄豪情满怀挥斥山峦
每一座山头激荡月潮心涛
走在月夜山野无私无畏
天地一体，行人高大透光
与故乡戴月共光，花朵金贵
每一棵松树都比人高，湖泊泛光
来自故乡的灯盏挂满夜空
哼唱童谣的是旧时月光

岩石泛亮没有一朵花不为人开
曾经月黑风高的山道一望无际
故人月光深处翩翩起舞一言不发

    2021年5月2日改定

溪水从不静止

溪水流过哨台不露声色
叶片一路随行间或飞歌
打马南山场景多年不见
往昔岁月清澈见底歌声悠扬
鹅卵石成列排向远方气势昂然
一颗颗光滑，线条恰到好处
过去事物不忍追忆，月黑风高
山川暗合某种天命，昆虫无所适从
应该转折时知道拐弯，水流不散
应该流淌时一泻千里，水势不减
花朵上游成群结队而来不改水向
串起不散的锦缎当作战旗摆舞
叶子漂在上面纹丝不动
溪涧不曾有变，日子水中整齐排列
每个片段不同，表面相似互为依托
人走在溪中波澜不惊，偶睹真容惊呆
故人散失面目狰狞，逐月良驹一跃千里
每一滴水似曾相识，又行色匆匆
不为所动

2021年5月3日

万物相逢一个家

尘埃壮阔

丛林寂静，有物升起无边高度
同类远飘太空没有止境
稀薄的空气纷纷扬扬
微小事物蕴含伟力，高天可及
这些不值一提的尘粒拼命向上
风中细小柔韧无处不在
雨中包罗万象各显千秋
浮起的不停飞翔，频繁刷新高度
空间多大队伍就有多长
沉落的展开胸怀，悄然覆盖伤痕
黑暗愈大覆盖愈深
与土地的精灵融为一体
万物没有高低贵贱之分
不设障碍亲近就没有边界
光线缠得越紧轮廓越清晰
尘埃偶露峥嵘，雪崩壮阔
一些粉尘溅上险峰一比高低
对着脚下夕阳大呼小叫
以为尘埃微不足道
却在一抹余晖中自惭形秽

照见自己被无数颗粒埋没
不尽尘埃叠加翻滚不停
生命渺小一览无余
石头坠落悬崖无声无息

2021年5月5日

万物相逢一个家

故人随风消失

窗外枯叶沙沙作响，整夜不停
时而风高浪急一片骤响
时而小桥流水回声柔和
枯叶扇动风车，鼠过月夜窗台
像别离私语又像抗争宣言
梦里不时响起鸡叫蛙鸣一片
似乎什么族类涉水远去
谁忙乱中搬山移河
恍惚中化为枯叶四处飘零
夜里周游列国踏梦故园
悄悄复原亲人欢聚场景
事事相违的缺憾随叶飘散
一堆叶片极尽包容无遮无拦
太阳升起时反复回旋
穿越山中哨台暖人心怀
转眼北风中消失殆尽
守夜人心境空落纤尘不染
握过的器物体温荡然无存
不经意时故人总是随风散失

2021年5月6日改定

鹰在人上

靠崖四野瞬间寂静，花不真实
山脉传导了心的镇定，云不飞
山峰飞翔不动，夕阳落下来
巡道弯曲蛇行，终点没有定数
小憩士兵表情平和，他母亲病危
休息姿势简单，苍鹰歇肩不飞
这叠合样子熟人震撼，山谷壮美
麂子蹑手蹑脚走过丛林，月亮还远
狼群高处一声不吭，枯叶浮起
石头的淡定变得无关紧要

2021年8月2日

低矮小草

从山脚爬上台阶朝你亲切点头
这些卑微生命含情脉脉无处不在
踽踽独行时默默跟随一言不发
雨天泥脚狠狠踹得小草面目全非
一场雨后又兴致勃勃挺起腰杆
这些不弃不舍的精灵来自何方
遥远故乡或梦中天边,无人说清
新兵支支吾吾,小草杂乱无章
不比哨长心事容易梳理
小草青葱一隅静守日出不多发声
记得去年哨长说要转业返乡
小草顿时剧烈摇晃起来
整个山峰哨所战栗不已
一里外烈士坟茔摇摆不停
上面小草一直抽泣起伏
哨长肩膀不由自主地耸动
让他五心不定转不开身儿
后来下山战友都被小草绊回
每一年我们站在小草中间

浑身摇得比小草激动坚韧

多数时候小草不置可否地簇拥

宁静简单让人无话可说

2021年1月3日改定

> 万物相逢一个家

庭毫山向西

庭毫山西向不变，草木葱茏
太阳宿处壮阔，天地一片通红
荆丛如饮老窖炸目刺眼
峰峦抖缩脖子似语非语
阵地高耸偏东，苍鹰硕大
离日出老远与晨风相近
比梦中人缠绵冷酷，荆丛茂密
骂过哨长的人不知去向
有说懊悔如豁口的风团
整夜呜咽比伤鹰怕痛
不知谁会负疚一生椰树高挺
哨长偶尔靠崖滔滔不绝
岩石爱作矜持傻样
影子暧昧指向诡秘
有人对着远山欲说还休
石山向西多年不改姿势

2021年1月5日

苍鹰盘旋不停

山谷鸟窝样平展，苍鹰飞来飞去
桉树顶扑打翅膀，云彩间钻来扑去
尾影撕扯云角，不时发出凄厉鸣叫
一些枯叶应声垮落，羽毛缓缓飘扬
带走什么忧伤？难道桉树前世烦恼
哨长突然喃喃自语，用家信拍打芭芒
鲜血染红矮小黄毛草，风摆如幡
都说哨长反常，苍鹰飞来飞去
用手瞄准它的翅膀山色灿烂
不等扣完扳机，影子掉落
西天红透一大片，夕阳汩汩流淌
桉树覆盖一些不为人知的云朵
兴许这些就是午夜星辰

2021年8月3日

蕉树显得遥远

秋深了黄鹂唱得欢畅
阳光到来之前叶子发凉
山间偶尔聒噪一阵鸟鸣
急切好像跟谁争抢时间
芭蕉树默立溪畔模样美好
没有桉树高大也没杨树苗条
夕阳中肥胖从容不显茫然
一年年枝叶茂盛果实层次分明
像汲水老妇爬山，沉重从不下坠
灌木丛绕来绕去随峰转向
一些候鸟由此向南飞行
透过哨所窗口蕉叶黛绿
风中点头充满古典美感
方位偏移没有意外视差
想起分手姑娘记忆复苏
她在溪边摘过芭蕉洗过蕉叶
这么多年随风吹起一些回忆
秋天带着红叶浓烈起来
条形山坡万物轮换色调
芭蕉树相守无语多年不弃

问起缘由似乎无从说起
横竖都是牵强附会的解释
众多候鸟恋恋不舍夕阳醉酒多年

2021年3月3日

万物相逢一个家

夕照菜地

青鸟记不清何时开始
玉兰树不开花,银杏无果
崎岖山道多年不变样子
山头隐入雾纱,黄昏略显失真
久居哨兵习惯简单种菜为乐
饭后不流连小路,青鸟落满路面
夕照从不探秘,暮色从容
排长说路上时间流逝太多
班长说不辞而别的女友太多
山里说法繁多莫衷一是
过去喜欢牵手路口的战士
如今坡上种菜累得大汗淋漓
浇菜姿势活泼夸张蝴蝶伴舞
叶藤调皮地爬坎,竹叶菜开花
余晖把人影照成地上菜团
对面山路悠闲走过邻国情侣
安泰神情衬托山水珍贵
战士吃着自种瓜菜兴高采烈
笑说山中散步不如挑水浇菜
山寨不知疲倦生活比鸟宠爱

说得哈哈大笑指点异国他乡
梦里个个在故乡挑水劈柴
从前散步的女友不知所终

2021年3月5日

万物相逢一个家

种草味道

成群结队搬移，与草结亲传粉
翻楼秃顶生发，山峦新颖简单
与花交友沙砾欣然披上彩妆
用手调活瘠野心室随草宽广
结果的不是草，人心向阳开蕊
草类生来通灵，扔哪儿绿哪儿
撒到岩缝片片壮美快过草原
衔花摆尾不是狗，是植被吐芽
哨灯闪眼，根在暗处拔节
顽强不是功夫，见土便造家园
石头不动，草被夜夜闻风起舞
不是风铃怪叫，草根从容破土
新兵徘徊驮草，坡地惴惴不安
草让大地强大，峭壁寸草不生
惊险不是小草，是风儿无处安身
怪石凸出史前传说，鸟群含籽高飞
城里来人惊问怎么没种外国草
种草人忙碌山坡笑而不答
有风无风草香绕得腻心

2021年4月23日

蝴蝶迎舞山峦

拖穿晚风裙裾绿叶不依不靠
花色精灵起舞云天,清水甜心
森林流彩长天,不是黄沙
摇摆中蝴蝶停下来,遍地开花
山峦恢复生机,垃圾无处存身

振荡山峰是卑微草被
飘摇飞花有不起眼的蒲公英
翅膀张开空房,自由穿越林带
长虹放下身段,人心能串起希望
高地的灵性来自卑微草木
与远逝的垃圾车无关

月中不散的亮点是树木
与站在峰头的我们一样高
黄昏跑亮山地的不只蝴蝶
梦想依然灿烂,多少花草共舞
这天地不可亵渎,月朗风清
不知疲倦的园丁漫山遍野
灰烬中的垃圾浴火重生

万物相逢一个家

一条山脉让大地回过神来
山谷爆满笋芽,蝴蝶见人纷飞

    2021年4月25日

阔叶遮眼

阔叶层层遮掩，峰峦重叠变幻
偶有军车穿行，叶上花下翻滚
一坡石头泛绿，草在风头奔跑
迷途黑熊不受欢迎，它掰落苞谷
草地零乱惊扰了动物世界
雨雾的爱抚让兔子心怀愧疚
它们冒失赶跑了小草的睡梦

天空阴沉面庞，山洪突然脱缰
一些石头不受约束跟随作乱
松柏高耸不动，草被艰难维护
平衡是规则，林涛此起彼伏
任意敲打一草一木回响不同
深处隐秘散开叶色鲜美
每件物体都有自己宿命
谷地百虫演绎共处游戏

阔叶遮住的军车隐隐约约
整个山脉灵动起来，兔子雀跃
一只雄鹰叼着军车悠然飞翔

万物相逢一个家

穿过雷区挤压的针叶林
种草士兵眺望着双眼湿润
新兵俯望深谷头晕目眩
白鸽啄衔云块,吐出一地杜鹃
没有太阳也红彤彤耀眼

    2021年4月26日

吆喝林涛

天籁落下树巅绵延不绝
有时大如洪钟有时细如抽丝
没有固定音源不曾停歇片刻
时而清脆刺耳时而混合低鸣
薄雾中叶片纷纷扬扬
暮色里失意人顿身而起
把枯枝舞成长剑，山高水阔
空谷深涧苍鹰涂画珊瑚花
花粉纷扬，条虫由软变硬
苍鹰鸣叫一声比一声雄浑
巨翅峰顶扇动彩云，泉影亮丽
路人看着花朵一脸灿烂
有山峦的外形泉水的内音
岩石的坚硬果汁的甜润原生态
在有形山野幻化无形琴音
天籁声息自古回响隐若不散
艾蒿抖动小花成片弹弦应和
浆果的音符蜜蜂嗡声扩散
林木拉直视线，云霄过于低矮
回到平原的哨兵坐立不安

万物相逢一个家

城里白鹤撒野多像哨所鹅群
出差都市的士兵怀揣丛林灯盏
山峦不只放飞一个月亮
夜晚岩石光怪陆离青苔肥厚
卧床多年的老兵突然起身整装
在亲人的不解中吆喝林涛
不以为然的埋怨里神情肃然
他听到了一种荡人心魄的召唤
比林涛绵长比山雀悦耳

    2021年4月27日改定

深秋的痕迹

秋天高悬九天，云朵蓝得发亮
唐昌蒲根中透红，橘子黄遍山峦
秋天背负季节步履艰难
果实把秋天包得厚重
一声喝彩山谷眼花缭乱
一片叶子跃出一个秋天
每一次相逢花朵与众不同
蹚过枫林山冈欢乐开怀
山谷人影高大花木密集
一定有故人默默相随
前方奇事不期而遇
走在绿道灌木簇拥多情
女友拍过的枫叶荡然无存
脉络亮过梦境，如今了无踪迹
阳光落满灿红坡头，碎光闪烁
随着步伐舞蹈不着边际
秋天的约会啊枫叶红透掌心
错过一片枫叶山路斑驳不堪
一片片云朵姗姗来迟
又匆匆散去不留痕迹

2021年2月5日

万物相逢一个家

又见香椿

太阳挣脱雾海,溪涧比云欢快
队伍排向山峦,毛鸡一闪而过
构树下秃鹰鸣叫尖锐一扬冲天
布谷鸟沿峡谷一路吆喝前来
不是驱雾,似乎追寻隐秘声响

仿佛都在悄无声息地变化
巨大对峙中天地长久平静
崖上香椿发芽,嫩叶舒展眼线
寂静中阳光色味浓于平时
去年探亲嫂子戚戚然今年没来
哨长低声说她在远方病入膏肓
这消息不被山色认可,灌木抖索
谈起嫂子精妙的香椿蛋卷
去年香过山野大伙把酒言欢
春天的山脉摇摆喷香蛋卷
列兵这样述说时泪流满面
崖上香椿没肝没肺发芽了
一片一片壮硕,一树一树蓬勃
新的一天无遮无拦开始

2021年4月28日改定

松树叫魂

一人行走丛林山路见人生风
砾石脆响空谷回音慢得古怪
松树互相致意刷啦刷啦叫魂
松香浓郁峰上哨兵耸入云霄
松树劈山削云气势不同往常
哨兵一动不动远看叫人着迷
飞翔的枝干刷削风雨不折不弯
岚烟袅袅，云朵牵手穿峰逃命
松树冠盖漫山遍野汹涌往事
瀑布隆隆作响，狐仙摆兵布阵
八百里山川变形杀气经年不散
一人走在山谷深涧毛骨悚然
秃鹰叫声凄厉针叶刀光闪闪
一滴水珠迸溅心惊肉跳感觉
残碑断碣处腐叶蠢蠢欲动
松香牵引山峦飞翔从不停歇
蝉鸣恍若隔世，英雄没有归途
梦里披荆斩棘如入无人之境
多年来松林保持冲锋姿态
好多人闻到了松树的某种气息

2021年4月29日改定

万物相逢一个家

站成靖西水杉

杉树挺立溪畔直插云天
月光窃窃私语,鱼类相谈甚欢
杉树群随溪流动,人影静止
岸边草香扑鼻,水声耐人寻味
水杉阵势壮阔,彩云高处敲鼓
峰峦摆兵布阵由来已久,天啊
一排排杉树前赴后继无所畏惧
从岩缝沟壑挺身而出,雷雨交加
每一片叶子余勇可贾绝无退意
伸展无尽的枝丫,比欲望走得更远
昂起过峰的头颅,比云端矗得更高
远远俯瞰林带翻滚,群山激烈碰撞
鸟群俯冲三千丈不改阵势
阳光穿过枝杈投下斑驳梦境
一些愿望应运而生,拼命显得富有
一些情节神秘莫测,凡人何需知晓太多
像戍边武士的前世今生无人问津
以水杉的姿态遗世独立,隐于山林

2021年4月30日

低处有声

灌木下低姿匍匐，把头压低
动作静些，让虫鸣清晰发声
放飞鸟先行对山脉充满敬畏
围着界碑小心地走来走去
与蒿草站成一条直线
心岩石一样镇定，草木又过一春
步履比爬虫稳重，似乎余生可为
山脉簇拥着一条溪流走远
沿着石缝凹地蜿蜒前行姿态更低
哪儿低洼就把力量流向哪里
每一次拐角都把身段折弯
每一次下坡都把去路拓宽
巍巍山峰在水中相形见绌
煌煌月亮在心中闪亮光泽
斑斓花朵挤拥溪边作献身状
无私灌溉中树木枝繁叶茂
濒危山豹戏水饮欢种群壮大
士兵形影相照结伴巡行多年
谁敢得意忘形斜视山峰

万物相逢一个家

溪流总是哗哗地提醒
河床越低溪水流得越远

2021年5月1日改定

鸟儿远飞

火焰燃放欢快,灰烬激情慷慨
哨所光亮闪过树巅,鸟儿唱夜
代替山峦向星星倾吐心扉
什么鸟儿,花草一问三不知
斑鸠雄鹰或白鸽都不重要
来自何方什么嗜好没关系
江南北国来入心一个意思
怀有何种深情,草木说不清
萤火虫明灭荆丛蛙声高亢

月季闪亮桂花光泽,露珠多余
高地南部北风走失,人不会消亡
有说鸟儿一直躲在暗处哭泣
露水向太阳诉苦不怕粉身碎骨
燕子因何南归,枫叶为啥透红
鸟儿飞过车间为何饱含热泪
鸟儿飞过孤儿院为何情绪激昂
鸟儿飞过黄土高坡为何痛心疾首
鸟儿飞过沙漠枯泉为何头痛欲裂

万物相逢一个家

高地没有一片树叶点头理会
北风呼啦啦刮过峰峦不回头

2021年5月7日

峡谷车道

狭窄车道蜿蜒向上不屈不挠
悬挂高空的玉带吸人眼球
歪歪扭扭凹凸起伏缠绕山峰
高高盘起的长辫旋转重叠
和云擦肩与鸟同行不分彼此
一触即溃的钢丝摇晃不停
山腰撞缺冷不丁使车辆放慢
人在上面不比甲壳虫大
雨季频繁，峡谷迷幻，岩影憧憧
泥浆弄花镜中云朵，峰头不清晰
内地司机望峡兴叹不敢睁眼
峡谷幽深，暗河翻滚不见影
雾气一年四季不弃不散
哨所小路卡车与云朵结伴绕行
雨季石头三三两两滚下路面
沿着峭壁砸下谷底回响巨大
雨水中鸟儿顺崖向上攀飞
车过峡谷失踪者不计其数
活着有时是云上插花不见根

万物相逢一个家

某天山头滚下一部给养车
峡谷深处呜咽彻夜不停
冒雨登山的哨兵上下自如
南方以南常年有车飞越云层

  2021年5月8日

山峦复原

高地芜杂,视线见花迷蒙
心儿安放哪儿小草不语
翠鸟说不是秘密,山峰高耸
没有一只鸟应和,风啸嘟囔
也许在父母的呻吟里折腾
也许在妻儿的哭泣里煎熬
下岗亲友看着葵花不爱作答
花瓣残留月光,跃动旧光景
太阳下烦恼花朵成簇绽放
山涛滚滚向前,狼群绝迹多年
猎手犀利的弓箭不折即朽
人类爱护越深丛林越辽阔
麂子落寞过冈,种群扩大
草地牛粪清香,蝴蝶环绕
什物摆放杂乱会受谴责
天空塞满浮云,林带恢复茂密
葵花遮掩大地的曲线,心域宽广
山野空得没有间隔,故人无处不在

2021年5月9日改定

深秋氛围

枫叶一片片染红远天，霓虹闪烁
夕阳掉进山谷火星四溅，一只旱獭
挤歪灌木丛，月光的欲望不可预期
异样表情从猴脸奔向云朵
峰峦涨红脖子尖叫壮观
树枝一夜掉光叶子，果蒂留痕
坡上转溜没见心中橙子
从前有人摘下来连着晚霞捎向远方
如今枝丫空荡，虫鸣高低不一
向日葵颗粒无收，奄拉尸身摇摆
薄暮中鸟鸣略带伤感，一地枯叶卷起
落榜哨兵表情镇静打扫台阶
万物寂寥，鸭子摇摆斜坡
云层散了，野鸡叫早莫辨晨昏
黄昏地毯蜡黄，小路无鸟问津
赶羊人一脸茫然走过来
在山口寻找头羊多年
哨音急切与秋天氛围格格不入

2021年5月10日

画眉不知所终

那只绿毛画眉瞧你不动
一条直线挑两个定点对闪
大把蕉叶含风忽上忽下
以为是去年那只老相好
一样色彩一样情调，风也相似
画眉当你是去年班长，眨巴双眼
一样军装一样专注，表情呆然
其实不是一人，去年班长已退伍
草被早早返青，晚报有他烧伤消息
一场火灾封住车间出口
去年的画眉不知所终
是朝去年班长下山方向
还是另辟蹊径，空气默不作声
一片枯叶风中飞上翻下
所去方向所知甚少

2021年5月11日改定

梦中蚱蜢

黄昏光晕模糊，叶片微亮
蚱蜢扑活山脉，松果散落一地
一束光忽闪忽闪跃上界碑
小时候它淘气没现在机灵
蚱蜢跳来跳去动作古怪
一步步跃向远方，速度不同昨晚
梦里是否跳落母亲坟头小花
没见过实景，翅膀挂满铜铃
森林深处响个不停，醒来悄无踪迹
庭毫山一股脑坠下地平线
蚱蜢背影尘雾一样飘浮
确实没有梦中瘦小安静

2021年5月12日

翠鸟作伴

翠鸟停歇哨楼，桉树乖巧守护
黄昏散开帐幔，蝴蝶飞向无边
排头山雾蒙蒙，看不清远山近水
举不举枪都像陈年油画，年代久远

翠鸟天天栖歇片刻，楼顶学着做操
哨所生机盎然，一坡兰花开得热烈
点头展翅与我们动作相似
逗起童趣要比老家好玩，山色亮丽
薄雾里羽毛熠熠闪光，天光好看

给养员山下带来一叠家信瞬间抢完
老乡捏着娟秀字体信件讨酒喝
椰树边几个新兵泪流满面看信
上周下山就诊的军犬杳无音信
哨长说电子眼会代替立功
这时翠鸟孔雀一样张开双屏
大朵乌云托着山峰擦肩而过

2021年5月13日

山色变化

庭毫山望山，远哨像瓣香蕉
百峰成一线或一个圆点
一叶扁舟飘荡万顷碧波
近看是叶远看是云，山不成山
呈一幻景一朵水仙花，峰不成峰
人在山里人在山外，石头不说
全凭心境分割真假

以心望山声势壮阔故人来聚
山比人小，心比山大
从前一战留下坑洼一片
就山望山山外无山一峰独大
就山望人人外无人一叶障眼
女友电话中不断追问
到底山高还是人高
你说心儿知道望山愈久
一片模糊愈难预测山色变化

2021年5月15日

枫叶隐藏秘密

仲秋来临远山挂起透明浆果
枫叶笑出火花,挥手有应
呼唤山对面人亲切,回声大
枫林火束壮观,山道可望不可即
张眼见影,看到人需一天

掌心石头捂不热,没风团温暖
相守十年没相印什么,山还是山
一些话交给鸟群带走,一些话
说给风听,枫叶红透哨所又一秋
日子没有叶片耐心,时阴时雨
石头默守山中秘密,多年一个模样
明月升起火焰繁星四溅,那夜不远
亲人围着火炉拨亮儿时火苗默默落泪
不知远方变化,有客对面山峦赶来

2021年5月16日

万物相逢一个家

枫叶多变

鸽子叫欢未曾听说夜影憧憧
鬼屯哨所眯眼直晃影子
沿哨孔瞄向对面山脊动静不大
崖边枫树只有三片叶子晃悠
固执地摇晃山峦或一些草茎
昨天操场望去五片翠叶晃悠
树影娇娆抬头就有感应

同一个瞭望孔变化多端
新疆兵看到一树嫩芽静止
春季紫云英比天山雪柔软
广东兵看到大朵绿叶颤动
夏天火热石榴红透一线天
北京兵看到满山红叶摇摆
秋深霜降瓜熟果圆一坡亮
山西兵看到一眼枝杈孤零
冬季萧瑟原野空荡无树
到底谁视觉病变不辨真假
一树枫叶崖边摇头晃脑
大群鸟儿啾啾莫衷一是

2021年5月17日

春色无声

桃花红遍金鸡山，灰褐枝丫堆笑
一些花蕊似曾相识又暌违已久
山脊一夜换了花样，翠鸟崖头练歌
白雁峰间穿舞人字阵，云朵散淡
炮台盛妆，这光景一天不同一天
主角是哨兵，不是春天不是山羊
隆冬薄霜稍微遮眼

哨长对着白兔来路欢呼你好
踮脚引领一坡垂柳致意
丧子忧伤似乎已被冬天带走
梦中哭声渐行渐远不被提起
对着岩石说走过冬天一无所有
对着花朵说拥有春天拥有一切
新兵似懂非懂地应和
一些红杜鹃飘浮半空
人人一身轻松走出哨所
一如春花落在炮台上悄无声息

2021年5月18日 改定

万物相逢一个家

岩石不再温顺

一块岩石峭立南坡像人通灵
苍鹰在它头部踢打抓捏
野雉在它脚跟偎依呼叫
一些鸟雀爬虫前来盘桓
不知名的花草伴绕模样亲热
两年后花鸟草虫不知去向
哨所岩石独立坡头不动不叫

黄昏酒浆中漫天透红
岩石有过芳香和忧伤
暮色中目送战友退伍返乡
泪水汪汪青苔发绿
有时它是猎狗朝着夜幕狂吠
有时它是沙袋打得粉尘横飞
昨天岩石不再百依百顺
班长小妹被人贩拐走
岩石没有飞起砸向远方
无声无息软过棉花
茫茫林海中顾影自怜
对小蜂倾诉默不作答

2021年5月19日

金银花开

青溪边哨所旁白花朵朵开
月牙泉儿声声欢,金银花开二十一
不只花团锦簇,是瀑布每波二十一响
春天弃一边,哨长笑得前仰后合
一大早从失恋的冬天爬出来
一人笑成了万花筒

去年今天哨长女友蹲在溪边
头插二十一朵白花喃喃自语
询问溪水忧愁何时到头
多不对称啊,两边景色不同
烈士在左白花在右,年年有香祭拜
故事纷繁小小哨所传得千奇百怪
泪水中回顾战史几乎不谈爱情
金银花开一年多过一年

2021年5月21日改定

万物相逢一个家

十二月在南方

辞旧迎新月份，起死回生时辰
南方哨位吞云呵气呵不出雾团
空气逐渐沁凉，椰叶黛绿不枯
风儿吹过脸庞没有北方来劲
小雨莫名其妙缠吻花草

不戴手套捧护小花鲜艳欲滴
没有一朵花瓣是塑料泡沫
馨香久绕，心扉敞开青山绿水
呼一口山林嫩叶片片上扬
十二月脆生生灵动起来

蜜蜂跳着探戈不嫌灌木低矮
岩石凝结历史，边疆多雾
绿水青山是十二月的标本
崖头爬满青苔草木回声湿润
林地插花小兔扣不动扳机

想起北方战友呼吸急促
一条腿和冰块浑然一体

煮化的雪水哭号北风残酷

花草情不自禁流出眼泪

一大束针叶把意念覆盖

十二月草地正由南向北奔跑

2021年5月20日改定

万物相逢一个家

想起杜鹃姑娘

杜鹃压着云块朵朵点燃峰峦
山下观花赏云浮想联翩
把自己看成闲云野鹤,随云
心猿意马,飞成杜鹃花儿
想起名叫杜鹃的姑娘力大无穷
可拔群山可揣天幕,打开心窗
等待一个署名随军的日子

喜欢杜鹃彩色羽毛装饰林带
山里山外飞出不同风景
一会儿边地一会儿家乡神出鬼没
云朵被鸟翅扯乱,叫声暖心
公路塌方不久,杜鹃扑腾大雾
哨所静静落下一层亮色
想起名叫杜鹃的姑娘心思博大
点滴信息珍贵,对着云朵吹响短笛
爱护家信一样爱护绿水青山

2021年5月22日

木叶吹天

离开瞭望孔视线软成绸丝
山坡摇振如歌如云层滚荡
顺手摘取一片树叶欢乐开怀
整个黄昏都被摘到腮帮上了
木叶吱吱吹荡天地豪气
由近及远由低到高逐渐高亢

萎落叶片比马刀锋利
劈得雾尘风团东躲西藏
一支戍卒马队踏梦归来
迎着暮气踏散枯叶碎枝
所有疲倦思绪枕上弹起
一只只小白兔跳来蹦去
酸软手臂陡添无穷力量
木叶声中轻轻一挥
就有削铁如泥感觉刻骨铭心

心境就是明亮早晨
一人在黄昏不停诉说
雾中人禁不住伸腰抬腿

万物相逢一个家

发现这么严密的山脉
不过是哨兵脚下一组琴键
山峰像个调皮音符不知疲倦
这么想时忍不住开怀大笑
滚滚气流顺着山势奔腾浩荡
钢盔罩住的岁月夹着木叶演奏
春天的乐章，梦境山高水长

2021年5月22日改定

坑道时光

时常行走坑道,忧伤交给风
一草一木使人满怀敬意
春天叶片上悄悄画出颜色
小花红遍山峦昆虫心思宏大
远处白鹭多像故乡水鸭
白里透亮,退伍兵画过素描
草上风灯照得哨兵通体发红
林涛时淡时浓时远时近
或许就是一阵归巢的鸟鸣
沉思士兵默默对视一朵彩云
坑道口红色岩石年代久远
历经战火不改一丝颜色
谁也数不清雁群的弯曲行程
南来北往游客神情肃穆
走过哨所小路回声铿锵
一只鹰半山腰画出优美圆弧
夜深人静也有神圣感四处散发
走在坑道躁动的心绪顷刻停顿
一片齿形三角叶摇动红花
多像故人在远方点头问候

2021年5月23日

万物相逢一个家

鸟鸣清脆

树挂八音盒枝条横飞
所有景物看似一成不变
听如风卷残云变幻莫测
一些叶子拨动风箱
黄莺叫声似有若无
哨长山中默默听风多年
神情平常波澜不惊
兔子撞着峭壁甩开心
岩上黄莺叫得多么清脆
或是石头云上滚动如雷
朦胧中不见一片羽毛
新兵逢雾失聪听不准声音
哨长挥手说黄莺好大哩
云彩扑腾腾飞到身边

2021年5月25日

夜色如雾

大雾兜住满天星光,鼠群飘曳
月光一闪而过,哨台气息蒸腾入梦
花朵保持光泽,枪支暗处不为人知
出山路径坠入雾团,旗杆高不见顶
岩石随雾纱爬上哨台,影子夜归身体
沉重的不是心事,花朵四处踩蹬
梦中片段白昼模糊,山峦不可抗拒
千里云雾中儿子呼唤爸爸
路口白昼继续不见尽头
大伙说那是迷失的云彩
随着脚步越走越远

2021年5月26日

界山入云

早晨没入大雾忽左忽右
高处不见峰头低处脚板湿漉
半山腰跑来跑去是些树木
偶尔喊喊番号清清嗓子
群峰缩入雾袋似应非应
几滴露珠滚动草丛模样神秘
叫声哨长山对面来一个回声

界山中午高耸入云庞然大物
山脚云朵招呼来者吉祥
山顶泉水荡漾热气腾腾
常年在其间走来走去
偶尔测测距离量量高低
想象山那边天幕是否相同
阳光俏皮地跳跃，光芒万丈

夜晚天地浑然一体不分彼此
山脚比山巅陡峭，逼视来客
山巅比山脚飘浮，探云驾雾
只能在山这边数来数去

偶尔摸摸月亮亲亲星星

分不清是山把人分成两半

还是人把山分成两半儿

2021年5月27日

万物相逢一个家

心儿自己安静

下午光线开始弯曲
一只鸟儿栖歇玉兰花丛
双翅缓缓垂下宁静纱
旋转眼眸突然不动
翠头恰好与白花重叠
心儿自己安静下来
大战前奏不过如此

藤蔓坡上跳来跃去
光斑兰香中稍纵即逝
得知妻子失业是在昨天
相比一只鸟儿的睡态
偏僻哨所早无痛苦意味
哨长家事没完没了
不像兰花入泥就无踪迹

黄枕上飘过一袭旧梦
鸟儿不会预测兆头
鸟翅静止没有意义
心中有无阀门关系不大

如果山下有水

请不要洗出声来

花朵睡眠是最好的期待

2021年5月28日

秋风无序

界河这边眺望，人物无序
对岸法国楼昼夜狂欢，嬉闹无界
有人梦见秋风乍起，万木展翅
哨位点数尘中飞叶，片片带果
枫树甩开翅膀飞不开云朵
一些莫名杂音时远时近
也许是沙石不是雨珠拍打芭蕉
今年景致与去年一模一样
入伍仪式历历在心散发芬芳
送行老父炒熟的黄豆澄黄可口
随身两年不发芽尖，豆香浓郁
界河涟漪越吹越大偶浮枯叶
水上秋风杂乱无章奔跑
一如故人别情，形式浩荡
界碑一动不动，百年不改模样
让人不摸枪托踏实，过界动物有序
绿荫遮堤，高脚菊花岸边冷眼观风
界河缓缓流入三国四方不显异样
人在河岸止步，心静如水

一些秋风集结山口蠢蠢欲动

去向不明

2021年5月29日

鸟雀无界

风在界河没有家园,翠鸟飞来飞去
有时站立青石界碑不分方向叫几声
扑下身子啄几口红色字体
慢悠悠飞过界线,不在意注视
无拘无束游荡

界河这边站岗两年,寸草不变
形象重于生命,一动不动是规矩
哨长天天叮嘱不准斜看乱叫
山峦守着巨大秘密,苍鹰偶然呆立
有人感慨大雁潇洒,无遮无拦扑腾
人应该鸟儿一样飞翔

哨长说胡扯风,人是人鸟归鸟
像界河泾渭分明,定势不改
说得人一头乱麻挣扎半天
好像说千万不能鸠占鹊巢
守堤岸也不能鹊占鸠巢
扯了半天还是过去那回事
似乎一动不动才是窍门儿

2021年5月30日

曾经野鸭成群

野鸭结队飞来，天边云彩相伴
灰白翅膀湖面拍风插花
衔来水墨湖招摇，天舞手帕
草木千姿百态扭捏迎合
水墨湖摆放山谷招摇一束花
湖光山色点燃仲夏激情
鸟群松柏间扑啄云朵小花
蕉叶把湖底忧伤带到峰顶
夹带多少战士忧愁不好区分
黛色毛毯起伏覆盖悬崖峭壁
退伍兵瞅着远方发愣野菜疯长
白鸭群一片片散开粼粼湖面
远看一束康乃馨摇晃山谷
夜晚满天星光让游子心灵宁静
多年后仍有退伍兵来信询问
水墨湖花王今年开放有多美
多了花朵还是少了羽毛
哨长无精打采地说视觉差远啦
翠绿湖面除了多出一片叹息

万物相逢一个家

就是猎枪声此起彼伏让人发愁
从前的水墨湖仍在梦中不舍

2021年6月1日

秃鹰重现

峡谷幽静峰峦耸奇，阔叶卷着飞翔
云峰自由穿行林间，秃鹰变声叫酷
人在高地不安，野猪走来走去
任凭一谷蝉鸣聒噪，猴子充耳不闻
扯着雾团峰间搭建避风台
有云没云日子心绪放牧山野
虫鸣鸟影相伴，百乐不绝入耳
太阳中午劈开山谷宁静
蓝天镜中秃鹰飞过头顶
肥硕凶狠不受控制，撞散云彩
无遮无拦盘旋云天，羽毛漫天飞扬
失恋哨长笑得前仰后合惊呼奇观
我在岗哨一无所知表情单一
印象中秃鹰瘦小与笑谈不相符合
静挂故乡坟头偶尔眨闪饥饿眼神
这么多年难以忘怀不愿提起

2021年6月2日

失态雨花

淘气鬼无拘无束，踩着云朵滑轮
东游西逛，冲撞山林说来就来
雨条击打蕉叶隔山有歌
岩石蹦出灰白雾花失声尖叫
凶猛秃鹫躲进树杈不敢吱声
一群野鸡湿漉漉逃进灌木岩缝
南坡山羊无处栖身咩咩呼唤同伴
鹧鸪叫声湿润音调羞怯
班长哨台站成一根铁桩
脚前水花迸溅墙壁怔怔发呆
菜垄篱笆垮塌，野鸡自由出入
想起昨天哑然失笑白费功夫
雨条打响山崖，远山轰隆作响
闪电伸手可及，不越界线半步
八哥喉咙发涩直线冲进雨雾
野兔林鹿弹起雨雾洋洋洒洒
望着枯蔫菜叶我们周身冒烟
靖西以南一群乌鸦缓慢飞过

2021年6月3日

飞行诀窍

一群灰雁拍舞翅膀飞过哨所
紧跟着硕大领头雁不弃不舍
雁阵威风凛凛向南翩翩飞行
阵势不断变换使人眼花缭乱
灰的白的胖的瘦的雁子混飞
给天空点缀一束飘荡的花篮
紧跟头雁起伏从不断线
高山险峰乌云闪电甩给身后
偌大天际一只黑雁掉下阵来
哨所倒看天际插图线条粗糙
蓝天板块图形简单莫名其妙
阵势不断变换使人眼花缭乱
哨长踏上退役归途错失观看良机
从前他说看雁幸福，天地高远
营长吼着嗓门骂他不合节拍
去年立功的哨长今年依依惜别
像掉队黑雁曲高和寡叫声尖利
毛发散飞不辨风向消失山头
风向变幻隐含什么规律
除了迷茫云朵大地一无所知

万物相逢一个家

一群灰雁拍舞翅膀飞过哨所
瞧着哨长蹲过的哨位泪流满面
这阵势一定包含了飞行的诀窍

2021年6月5日改定

虫鸣有变

一声两声三五声不停息
艾蒿籽粒饱满黄色蔓延叶梢
似乎有梦隐匿季节深处
乌鸦徘徊路口不遇故交
黄叶带走毒素，青蛙鼓噪乏力
季节来路种子云集，龙眼隔年多
青鸟似曾相识遇风便散
野象大口啃完玉米粒
玉米棒扔得遍地狼藉
山谷搬粮运果一路遗漏
地间浪费细节忽略不计
盛开的菊花数不胜数
阳光把兔子照成一朵花
秋深了昨夜北风了无踪迹
唧唧虫鸣高低不一
枝上薄霜不影响出行
蚂蚁仓促搬家，踩着露水上路

2021年6月6日

万物相逢一个家

犀鸟打盹

一人走宽湖润大峡谷,春天空濛
碎石山路软如海带腿脚起泡
三叠飞瀑拦腰抛撒白云犀鸟
曾经惊心的鸣叫似是而非
犀鸟散落青枝乌藤长喙不动
旧日飞影被时间覆盖,眼神失光
冬天树干软弱,没有叶片坚强
树叶刷过云层有鸟哭诉
犀鸟争相啄衔溪水前所未有
整个冬天看山望雪不见影儿
雨中写一些意思重复的情书
想起冬眠动物哑然失笑
走进房间检验心态健康
一片叶子的距离渐行渐远
犀鸟飞影碎化不可追寻
青枝打盹的静物无法描绘
或许仅是一些无法飞腾的梦想

2021年6月6日

铜铃山石

山谷捡石心花怒放,一石透万物
山脚湖边奇禽怪兽三三两两
谷底大摆百兽宴猛虎下山
百年乐器纷呈草丛仕女飞天
南疆画眉北国奶牛蜂拥而入
梦中麒麟少了灵角天鹅群涌
童年蟋蟀一跃跳破昨夜春梦
千里风光不过手中一面石纹

樟桂与云斗翠,雪松走过先贤
大如军师刘基小如名相富弼
溪涧神采奕奕,山岚蔚然如虹
静谧层林尽染,抚琴日月同光
一些人悄无声息走进碑碣
一些人叱咤风云不知所终

来客究竟是铜铃山一块石头
还是飞云湖一阵微风
石纹上王侯将相一言不发
一股神秘沁凉缓缓传入掌心

> 万物相逢一个家

多情的一品红挤满季节来路

薄雾缭绕朱阳九峰云气壮阔

做百丈漈飞瀑啊今生难舍文成石

2021年6月7日改定

再过西塞山

顺江下行千里势不可挡
山前拐弯才见丈夫功力
看长江大幅度绕行有些晕眩
江上望山满脸羞涩江水泛黄
山是从前山，人非从前人
让长江闪腰不是要塞目的
万物相克平衡给出生路
心不平常，地形跟随时间平坦
旧日十战一场梦，游客将信将疑
王气只是传说，饮者长乐
西塞山不是随风而现的风景
千百年来长江证明一切可变
来去是过程也是机遇
山水应该存在什么东西
滚滚江涛依然诉说不清

2021年6月8日

万物相逢一个家

四明山偶遇

阳明故里啊一座座山峰快过云朵
四明山景色葱葱飞向远天
草木不停云雀纷飞心与身在
四个黄宗羲四周挤兑针锋相对
山水壮怀激烈，树木昼夜不安
溪水中黄宗羲，小鱼游弋京都大河
利锥硬过泥鳅尾鳍戳穿庙堂恩怨
啄出奸臣血黑如青苔余勇可贾
他扶榇的手臂飘曳海带凉味
滴落的孝子泪落溪成金千里伤怀
鱼群喁声暖了父老乡亲的心
别了，庙堂上的明镜响鼓
散了，奏折里的尔虞我诈
南归路上飘着四明山的枫叶
每一尾鱼都在哼唱孝歌魂兮归来

天上黄宗羲撑着狼烟翻滚挣扎
走过江浙大地义士闻声起舞
《南部防乱揭》撼动脆弱群体
把祖居家珍换成刀枪棍棒舍命台

第二辑 峰峦入云阙

看鼓角争鸣此后不愿称书生
世忠营的旗帜飘扬家仇国恨
余姚小家散成人尽其责的大家
钱塘江上怒潮滔天战鼓不绝
四明山连营十里枫林尽染血
每一夜英雄不死踏梦归来
暮色中黄宗羲青衣素服呼号大义
松果噼里啪啦燃放不屈情怀
他挥舞砍刀劈得雾气东躲西藏
最后把一棵枫树劈成如椽巨笔
甩出的墨汁史册上东一坨西一朵
成了不遂人意的江山遗民

林中黄宗羲乡音浓重谈古论今
宁波海鱼成群登岸取经
海宁野兽列队道旁修行
证人书院课声朗朗百虫屏声
五百年前好汉坐在前门领首
五百年后英雄蹲在后庄鼓掌

万物相逢一个家

大师指点江山痛心疾首
成群鸟雀啊年年吟诵《宋元学案》

四明山中一脸迷茫无路可去时
山中黄宗羲修身打坐幻化如仙
常常一人对云喃喃自语任鹰高飞
有时一言不发静坐孤墓石床
一群猴鹰盘旋啁啾头顶
其兴也勃焉其亡也忽焉响如天籁
松涛阵阵噪鸣，杂乱让人莫衷一是
昨天四明山碰到四个黄宗羲
这说法让春天的朋友惊诧不已
鸟雀喋喋不休附和着轰鸣雷声

2021年6月9日改定

山色辽阔

午夜交岗闭目靠崖静立
山峦裂开两瓣堤岸,虫鸣突停
任久封的思绪淌成江河
走过的岁月夜里翻滚林涛
星星点燃心灯,石头安静开花
失去什么似乎漫不经心
守住意念难过圆梦,月光说不清
既然热爱之花可以伏地成路
又何必在意走烂一双鞋子
靠崖才知石头力大无穷
心猿意马的是哨台和那些
树木装模作样,一只脚麻痒难耐
与从前故乡车水时同感
水车咯咯作响,那时慈父不老
偶尔咳出重响,田中回应一阵蛙鸣
双脚月下不知如何摆放
那种不明深浅的光泽亮过夜晚
不知是水珠滋润月光,还是月亮
灿烂了水珠,时间酷爱重复
又梦一般虚幻,长夜弱不禁风

万物相逢一个家

星花缓慢开遍夜空枝头
一些陌生露珠落下眼眶

2021年9月23日改定

小路阔过云天

那些小路隐藏山脉深处
虫样弯笼样窄，时光久远啊
一头连着岗位一头连着家乡
走在上面最多的人称为战友
偶然走过的慰问团不好称呼
从那儿默默上岗，也从那儿
不动声色退役走得稀松平常
不曾留下什么辉煌记忆
多少念头壮怀激烈不被看好
潮水般涌来露水一样消散
树叶一秋一绿，山川辽远
哨所记忆自成规律，四季循环
没谁长久留守，爱不爱一样
少数多情人成为典范不为人知
故事再多七七八八都是传说
原生地始终遥远不相厮守
山河壮阔，英雄哪有故乡
多少欢愉时光饭后随风散去
有时我们虫儿一样无肝无肺
走得匆忙不留一丝痕迹

万物相逢一个家

这么多年了只有那些小路
偶尔昙花一现微不足道
新兵害怕的哨位锋利不好接近
夜哨尖锐的惊叫被人耻笑
所有洋相枯草一样模糊多趣
没有哪个老兵说得明白过去
哨所小路串起光荣史逐渐淡远
一些枝末细节让老兵失忆罚酒
这么多年懒得联系,豪迈简单
心中小路留给梦境相连
仿佛要唤起什么遗忘的秘密

2021年9月23日改定

拥树自立

蹚过狭长谷地心域宽阔
尽头山脚一棵古木参天
经历非凡年代挺立凹地
飞翔的枝叶一直比高山尖
简单亲近云朵,群峰低矮
越过不分性别的藤蔓和沼泽
硌脚峭石不知去向

云彩以奔跑姿态与树相拥
一股暖流穿过树皮温暖山川
一人激情呼喊远山倾诉块垒
不担心树干剑锋插入内心
卸下七情六欲轻松靠树休憩
不担心树枝蛇蝎吞噬生命
紧靠主干内心山脉一样踏实
每一片树叶笑得真心实意
没一丝摇晃不带任何玄机

飞蛾一生秒杀一样短暂
适合扑火,灯曲声高和寡

万物相逢一个家

相拥一棵树没有象征意义
四野寂静,心海山峦一样辽阔
什么潮水发自足下,根茎不言
多少鸟雀了无牵挂飞向原野
谁经历地老天荒颗粒无收
什么花朵让蜜蜂无怨无悔
生命短暂,从未相遇惊心的喜悦

2021年9月23日改定

山峦模糊不清

那片山峦随云淡远伴雾隐现
苍鹰退出视线，山体瞬间崩塌
喧嚣中城市落叶无声
野马奔向何方心儿不能左右
鹰停歇的地方与狗无关
惊人狂吠不泛起一丝回应
梦想不成条块，还在原地嘚瑟
山尖画线抽象，光线似有若无
哨所成了幻影难以置信
共过生死的战友面目不清
杳无音信的是虫子，不是故事
一只草狗土得掉渣无人问津
隔膜的不是山峦，是飞鸟不懂规矩
淡远的不是战友，是年代不可捉摸
苍鹰偶然探访让人惊慌失措
只有逝者怀疑是否真正当过战士
生者不回忆曾与哪片山峦同甘共苦
似曾相识的彩云最不可靠
一百遍询问苍鹰也是徒劳

2021年9月23日 改定

竹溪寿星

是竹溪河活历史，一曲山歌悠长
说一些清末或民国土话俚语
轻松啜茗中茶叶博大精深
历史幽深茶水凉过古时月光
时光隧道茶树清晰呈现
喝一口龙王垭茶呀清香扑鼻
顺口掉下一段趣闻轶事
李村百岁太婆鹤发童颜
茶树深处一片片捋往事
羞涩回忆当年定情茶礼
那些叶片香甜啊柔和味久
一杯杯醉了东厢西房
茶花年年开啊茶有多甜
哥哥的情意就有多长

是大巴山活茶圣，一段故事细腻
鲜活远山近水，村村寿星欢笑
茶水氤氲中家家心安神泰
品些春光雨露祛病强身
啜些鸟语花香延年益寿

山里人没有打针吃药习惯

茶香水甜泡软沉寂日子

月光平缓流过山谷心田

杯中花朵盛开卷叶泛绿

茶叶时光温暖,人生归处茶香

喝一口浓茶啊多一份情怀

一群茶农峡谷挡住去路

顶着前朝阳光绿叶不理不睬

或许长寿秘诀都被茶叶泡开

2021年8月13日改定

万物相逢一个家

老兵如鹰

秃鹰左肩栖歇片刻飞去
或许带走一抹淡淡思念
云霓朵朵擦过脸盘透出红晕
蓝天展示履历象征大于实情

老兵双眸明亮神情沉静
坑道口眺望长虹落日一言不发
一群蝴蝶没来由地扑腾情绪
阵地边锈蚀钢盔被泥土咬缺
有碑在主峰记着旧日战事
据说他是哨所最后老兵
八年啦除了鸟群常来常往
没有一个新兵明白底细

坡上铁树茂盛，与坑道合为一体
其中蕴含多少忧伤多少坚毅
苍鹰盘旋不语，天空澄清
云彩眨眼变脸，故人一别多年
冬深了扎紧内衣山峦自有气度

2021年8月15日

途经丛林

翻山越岭有死别感，险峻异常
途经丛林多了一份壮怀激烈
上坡听到人仰马翻的喧嚣不稀奇
秦时明月汉时关闸依稀可见
梦里敲打鼙鼓的勇士膀阔腰圆
松树吆喝中前仰后合，刀光剑影
林涛深处时隐时现，山崩地覆常有
掉在额头的露珠血液一样腥涩
北风卷起苍凉不比噩梦轻松
星星没有与人对话的欲望
风化骨架还在亲人梦里行走
前方不会再有插花人家了
挂在树梢的灯笼不一定是幻景
走过陵园不要与虫鸣鸟兽搭讪
那些一闪而过的松鼠与狐仙有关
撕心裂肺吼叫不起一丝作用
野花杂草一夜风雨后长高许多

2021年8月16日

万物相逢一个家

野果遍山

与山脉同行山色黛绿蜿蜒
起伏走向没有定序,雀叫果味浓厚
每一次路过山角都有意外感觉
野果穿越梦境一缕缕发送季节问候
热爱使山谷苦李香甜,雨雾含情
季节宠坏的孩子忘掉归期
相信古堡武士带甲起舞从不远离
执戟弯弓的将军百年一种姿势
山顶哨位多年来换装不换人影
峭壁蜂拥冲锋阵势从不断线
据说不光滚滚人潮还有花草树木
都在不同季节被野果击中
周身汁感清新,鸽子回味无穷

2021年8月17日

等一只鸟

崖上纵情歌唱，山谷没有回应
凝结云朵散开是气，不是雾
灌木丛久久对视，鸟比人从容
眼神坚定，除非起飞从不飘移
山中我们一起走过春夏秋冬
巡山动作如出一辙，似乎前世有约

有时僵立槿木中间心绪杂乱
仰望崖上弯枝肝裂肠断
拍打头脑，不时掉下一颗泪珠
光景安静时尘雾中飞动叶子
一只鸟迟到让人心窝发紧
星星像灯也像故人泪常挂九天

2021年8月18日

万物相逢一个家

渴望遇见生人

凝望山路不生变化，哨位细小
蕉叶挡住视线延伸，斑鸠硕大
熟稔地跳上针叶丛一无所获
放飞的信鸽慵懒地踅回哨所

白云落山斑斓一片，不见野马
给养车辗起的尘雾腾起泡沫
长时间不被丛林人迹复制
生活有时就是可怕的重复
闪来晃去都是哨所老面孔

一千种欲望随时随地膨胀
渴望山道遇见一位陌生人
或许不理睬你的热情招呼
傲慢地顾自寻找路标出口
好像一位迷途旅客不懂礼貌
而你诉完积压多天的话语
没有回应摸到蕉叶心满意足

第二辑 峰峦入云阔

蕉叶掩映的山道朦朦胧胧
一群人失望地放下望远镜
鸟儿啁啾老是一个腔调
一个突现人影使人欣喜不已
走近才知邻床战友周开良
半山腰摘回一串野芭蕉

2021年8月20日改定

万物相逢一个家

哨所慢拍

南疆草木鲜绿,沉默也生快乐
常常眺望蓝天感受山水美意
看山峰云间闪来晃去
瞧瞧大地上的树木花朵
身不由己褪去光艳色彩
云朵涸散比山丘坍塌慢
太阳缓缓掉进灰黑泥坑
所有景物移动,风向不可逆转
碎叶覆盖的苹果无影无踪

班长与岩石融合,一夜一次
他在白昼是跃动的光点
傍晚哨台悄无声息
十年了家事一如从前不变
父母的梦想始终充满期待
这种时候树木没有形状
天幕低过山峦伸手可及
岩石似动非动无法触感
一些昆虫叫声响亮不见影儿

新兵说这是哨所的慢拍
丛林谜一样神秘雾一样传奇

2021年8月21日改定

与花雀

山上来回奔跑，动物晨不能眠
一群花雀蕉叶上旋转鸣叫
鱼腥草说是最好的报时钟
一些红色花朵点头迎合
叫人想起贪睡不合时宜

有时跛脚跳乱灌木曲线
赶得知了叫虫无处栖身
轻捷姿势哨兵看着熟悉
中午不吵不闹展示时光静态美
彩色羽毛与白色花瓣相映
假寐中颤动的叶片散发灵感
风中登山的女友引为胜景

山峰垂下无奈的头颅
花雀没来由地扑向夕阳灯盏
哨所窗口有人垂钓西天云彩
一边钓起火球一边钓出心事
常有花雀相依无须约同

第二辑 峰峦入云阔

下山多年的老兵来电询问
对此我们与林涛一样述说不清

  2021年8月22日改定

山谷移芦根

半坡村下望，芦根阵势壮阔
比村庄大一围，根根自聚气势
它们摆位低，潮湿也不泄气
积聚热量服务人类，从不叫苦
高处不耐旱，厚道性格如水深情
三爷一样情怀，帮芦根安家山谷
让人舒服是大爱，大开合活出个性
芦根是药中王子，和三爷一起闪光
人生向来如此，低处活好高处施爱

2020年7月8日与王志军一行于荔湾黄沙

三爷压青苇

连雨天芦苇枝繁枝茂，小溪陡涨
腰身丰润快过根茎，雨中绿叶秒变
水滴晶莹，这些分散云朵柔情绵长
小时擦眼舒爽，天空明净一览无余
街上行人罩脸远别眼光凝重
三爷挥镰成片割取壮株，桩茬齐整
待发气势不可估量，大地难以描述
三爷削除大截嫩尖，肥茎平放泥层
隔两三节压一指厚土手法古典
不倦模样比溪水柔韧山脉壮阔
丢弃嫩尖拨雨跃动，心思大过泥土
它的连根茎块蓄势土层不用半月发芽
带着一家梦想又遥指蓝天青葱大地
晴空下嫩尖枯萎地上始终追风高扬

2020年7月3日

苍术有威

喜鹊啄花,儿子电告一家不咳不燥
喝苍术羌活羊肝汤饭量大增脸色红润
三爷听了兴奋,嘱咐加点藿香灵效
好在年前给儿孙捎去不少中药补品
现在山雀插翅难飞,云朵转半天回头
儿说有苍术在手,坐在阳台数星踏实
药材夜响鸟鸣,近似幕阜山林涛
苍术黝黑发光,像天岳丹崖的岩壁
都说三爷安好,大山善意四海共享
一坨坨一根根一丝丝五洲传神
这些药材走南闯北比山汉子遥远
每一种出息奇大,比人单纯多爱
从不求回报,有需要慷慨舍身
连黑黢黢根茎也香,比山花宁静

2020年7月4日

晒当归

晒药材不分季节，见到阳光算数
冬天风大吹不跑，春天潮大霉不到
阳光的精神头比日子生猛绵长
簸箕上当归气色从容，浓香扑鼻
闻着辟邪壮气，看云山远去万里
黄色须根发亮，肉质一寸不染
沁心凝神，灯下思亲药韵悠远
地上飞翔的不是鸟，是大地摆腰
这些药材宝贝与痊愈者远隔山水
面色润泽，全部热情收蓄有法
古道人迹罕至，时间进入慢拍
山雀飞不远，想起城里亲人峰峦沉默
二婆一言不发，按时翻晒药材
风落在簸箕上纹丝不动

2020年7月5日

万物相逢一个家

鹰飞过杜仲林

黄褐色小枝滑过云镜,嫩芽掌光
天色亮透溪流,杜仲皮鲜气香
林间腐叶喊喳作响,鸟群顺坡飞
五颜六色雀子腾空,开活云花
让人张口笑山,三三两两摆鲜
这山水养人,八千里外有呼应
想起远行者思绪纷乱像芭茅
林涛此起彼伏,新叶抖颤树梢
老叶翻滚旧盅,叹息穿村过山
除了父母,溪流的牵挂穿州过县
城里亲人心心相印,云团硕大
不耐相思的苍鹰飞过杜仲林
深知此树补气,带多少心意探亲
鹰群秘而不宣,鹰唳苍劲有力
山里山外似有感应,杜仲不慌不忙

2020年7月6日

石头不变

叫了千年顶天立地，鹰已习惯
天补久了鸟说不清女娲淡泊身后事
草枯人在，人亡树生纸上烟
山河渺远，石头不变人心动
山孩子穿洋过海叫留学，毛竹冲天
偶出意外不是祸叫历练，艾香高飘
失败总是异数，同一片天真蓝
你走时鸽毛泛白，虫吟温柔
归时不呼石头，称榔头雀鸣顺口
慵懒砸碎愿望，没谁硬过铁
云朵就是故乡石，飘蓝儿时天
不经意时雨会砸下来，关山不远
心在山中，不妨身去何方
雁群向北，不思归处叫他乡
断魂人走天涯，也许心如故

2020年7月21日

万物相逢一个家

空气比人渺小

山道全是险口,野花醉人
风挑开藤蔓,周围有鸟
叫声婉转,入心障碍坚固

崖上弯松迎风峭立怪姿
云压枝干,壁上利石欲坠
群鸟望而却步,风落下来
暮色中山路飞过人头

上去或离开一念而已
鸟唱离开泥土瞬间
万物比人高大
人说站在大地翻转
空气比人渺小

2019年7月21日改定

阳逻银杏

万山丛中奔走，村庄比枯叶弱小
一棵银杏古树独立坡头刻满沧桑
成为途中亮色，树干粗大斑驳
它面前人显得矮小单薄
地图显示从前这儿是个高地
现在周边平缓水塘跑出老远
古村房屋少了一茬色调陈旧
一些楼群削山绕水移了方位
两位战友惊叫合抱树干不挨手
一块蓝色保护牌赫然醒目
感叹园林专家触角细长
一位老奶奶蹒跚着走来劝告
孩子别打扰千年杏神睡梦
兴奋人儿围着树干欢呼
老人说这儿曾经人丁兴旺
仔细凝视那截树枝平常无奇
据说过去属于一处将军庄园
如今诸多故事人物不知去向
山地千变万化处处似曾相识
悠悠往事叶片无法追忆

万物相逢一个家

让人敬畏又不可思议
静静固守山野秘密不多发言

2020年7月5日

高原色

春淡了妹妹塬上采叶
歌声沿着泾河忽远忽近
天精草铺满老屋台阶
妹妹阳光中唤它亲亲草
一年学费原野顺手牵来
吃草羊羔季节里不喊不叫

夏浓了姐姐塬上采花
一朵一朵凝成发上珠玑
小院深处骄阳炙烤紫色花瓣
姐姐叫它细嫩长生草
千年古庄的传统嫁妆又惠新人
伴着新娘踏沟过坎一路欢歌
仲夏天空为之明亮闪光

秋深了爸爸塬上采子
一颗一颗凝成心上红宝
远归旅人数星啜饮枸杞水
一年疲倦如雾散去
久卧病榻的亲人弯腰下床

万物相逢一个家

　　虚空日子变得浆红充盈
　　这是宁夏光彩在打扮高原
　　漫山遍野滚动枸杞红

　　冬酷了爷爷塬上采根
　　一根一根称为地骨皮
　　兜兜凝聚高原的精气神
　　古村狗吠羊哞声声高
　　百岁老人月下行走如风
　　高龄寿星鹤发童颜齿落更生
　　一股轻风吹得高原神神秘秘

　　　　　　　2020年4月12日

老村壁画

秦时明月圆大,壁画看着来劲
不偏不倚搁架树杈洞顶壮胆
爷爷留下的长明灯经年不散
照着爸爸幽谷深涧打草采药
壁上竹廊山歌悠长,峡谷飞跳
妹妹辫子甩成灯芯草,梦太老
哥哥崖上擦亮打火石,摸黑走远
瓦罐漏月如浆,一束光无遮拦
水车摇走秦时星光,今夜人为大
秦居里一声鸡叫,唤醒了故交
吓散豁然台斑鸠,愿景重新润色
拈藤枯树老成柴垛,壮士暮年豪迈
吹笛牧童跑沸小溪幽泉,往事不追忆
酣睡汉子堂上一梦千年,夜色湛清
含混梦话辨不出秦汉腔调,日月多情
山岳绵远你来了就不能少我呀

2020年5月28日

万物相逢一个家

法卡山喊山

黑夜是木叶上一口气,黄昏如火
一堆云层哭喊下沉山峦,明月初升
——哟——嗨——哟——嗨——
一堆堆松木砰然裂成峰头撑不紧太阳
沉沉夜幕蒙不住山峦奔跑
大群伤鹰鸣叫着划过昏天黑地
云潮滚滚预示一场风暴将临
圆月硕大过早投影苍苍天幕

寂寞是笛孔中一口气,无奈如山
集结块垒对准万重山峦千仞峭壁
——哟——嗨——哟——嗨——
啸出一腔沉积的石块北方硕大
空气凝固,尘叶整团化蝶飞舞
呆头针叶一簇簇婆娑孤影
久违的野兔围着哨所跳跃
一千块岩石转身与人喃喃对话

忧愁是云上一口气,茫如暮色
一人对着群山吹完痛苦色调

第二辑　峰峦入云阔

哟——嗨——哟——嗨——
幽谷深涧回荡不绝的诡笑
一千级石阶弹响风中绝唱
每一棵苍松都能挡住坏消息
不小心绊倒云彩比竖琴动听
陌生石像瞪眼大雾似笑非笑

　　　　2021年1月7日改定

草莽时光

种梦深山,枝丫不发芽,天高远
丛林尽绿,庭毫山插花,时光淡然
分居哼成歌谣,黄昏时与家乡合拍
山峦视野开阔,坡上种豆得豆
植物就是亲人啊,山花向心烂漫
同处一个家园爱护动物是本能
不与古人比高,丛林没那么苦闷
鸟雀旋乐不稀奇,人比水低
栖居峰峦穿行幽谷就是时光
白云为伴飞鸟同行就是生活

一些人以苦为乐,日爬台阶千次
不毛之地巡逻,沙地拓成林带
小道踩响琴弦,一抹雨烟飘绕
枯枝见人冒芽,播种快结果慢
走过春夏秋冬好像种棵南瓜
无人怨天尤人,松柏见人透青
斫石为器结绳计时从未见过
林中茹毛饮血听着遥远,不可思议
日子从容迈越,山峦没什么异样

第二辑 峰峦入云阔

哨所空地蘑菇丛生，小虫逗乐
听说前妻舞姿洒脱大伙称为佳音
从前她说边地荒凉不逗人喜欢
天高云淡啊多少事不如树叶洒脱
一山秘密不过是林木葱葱啊

        2021年1月6日

万物相逢一个家

跟着小鸟出发

跟着小鸟出发巡逻,山谷有趣
峰峦的壮美遮掩了险峡瘴气
虫儿不会在亲人怀里死去
军犬与山水同在嗅觉灵敏
豹子尚远,山脉可圈可点
云朵是军犬挚爱,小鸟呢喃欢快
曾经的故事一个个走向陌生
军犬吠吠与远方亲人幸福相关
凡人絮语不会比鸟鸣高明
什么时候吹笛都有小鸟伴奏
崖边茶花雾中舞蹈不带寓意
一人自言自语是风儿陋习
故乡唤鸭没这么难听,小鸟同行
山色斑斓没有悲壮线只有开心花

2021年8月1日

第三辑

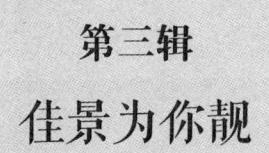

佳景为你靓

陈子墩的软肋

历史不是石斧，斫不动日子
回忆不是剑矛，戳不开心机
几千年不长，一块陶片而已
数十年不短，鼎上刻字不朽
陶碗犹能盛饭，无意成为摆设
锛镞互不搭钩，挤拥一块取乐
拼生死的刀钺，如今同台献媚
陶罐上无数绳纹指向渺远
篮纹提散缕缕炊烟，鬲器有形
壶上方格固守秩序，灵魂散失
弦纹响处，苍鹰飞上飞下
陈子墩捡石，每块都有故事
一个朝代摆开来，不长不短
横竖没有伯牙鼓琴动听

2021年8月20日

万物相逢一个家

冰臼出世

无论全封闭半封闭,鹰不会来看
底下窒息暗无天日,有屈张不开喉
圆柱体冰水沿冰川裂隙滴磨穿石
水钻自上向下锲而不舍,生活失真
冰碎屑翻腾比浪疯狂,没有叫声
岩屑暗处崩溃,山峦不可依峙
下覆基岩不堪一击,表象恐怖
风在石中走动不露声色
白要重见天日,炼狱一样啊
不只人世,还有未知的第三界
奇特不充冰川遗迹,有自己个性
耐看不为舂米,盆景比梦境灿烂
一生就是一种努力过程,静中有雷
口小要求不高,从不在意峡谷拥挤
肚大装尽难容事,小虾也作贵客待
底平一览无私,心胸宽过大海
周身光洁如洗,一生不留余物
与角峰刃脊共存,秘密交与来客

2020年11月13日于罗田

千孔阵

分明有天兵林立，葫芦不输八仙
神器灵过三山五岳，风比天高
一场场征战染红树叶梅花
鼙鼓响在原地，战锣敲在谷底
千孔阵还在夜里复现十面埋伏
杀声隐若可闻闺中人惊心动魄
行军锅灶一半留存一半打向远方
将士哪年远征，乌桕摇头无语
暗处一直有人给千军万马舂米
谷底一双双汪汪水眼望天欲穿
白圆如月山里女情深浓过十里送别
有盆盛水夜夜期待未归征人
匙挂高处可开闺房，订婚人远征
绣在板壁上的梅花红叶闪耀夜空
放在深谷的交椅等待新郎早归
漏斗不只溢出情人泪，也有父母心
故人何在，山歌夜夜唱衰刃脊角峰

2020年11月13日于罗田

万物相逢一个家

沸锅热灶

鼙鼓中天兵四起叶红透心
月黑风高时金盆地杀伐天地梦境
三百万年浪卷石窝谁作英雄叹
人逝石存不散的是壮士魂魄
王韶复西夏扬云如锅敌胆寒
红巾军背此锅灶阔步一方山河
万人阵中穿杀自如全仗一锅血
跳鱼潭里鱼声悲英烈王鼎溅红汗青
武昌首义一声吼，元勋振武炸了锅
罗田人厉害，不只是锅沸灶热

穷人自有凌云志，砸锅卖铁闯四方
先辈肖方建武打江山不怕洒热血
十万子弟出征入秋见红男儿本色
京腔圆润处余三胜婉转了肃杀壮烈
万氏学说神奇药丸遍撒大江南北
罗田人好客，吃了吊锅刎颈交心
见了冰臼惊魂一生世间别无黄金灶
栗香浓浓鱼群跳活大别山千锅万灶

第三辑 佳景为你靓

乌桕飘红处有歌,锅香灶热万家欢
喜看天锅地灶阔,人间正换好景色

2020年11月13日于罗田

万物相逢一个家

丽江天籁

失意者在旅途,丽江如歌
生命本真,静静皈依自然
玉龙雪山在高处,自古安宁
天籁从茶马古道牵着彩云奔来
纳西古乐白水河开出朵朵莲花
《水龙吟》和微风缓缓爬上老君山
东巴文字字珠贝跳活前辈灵魂
白沙壁画上先贤的神秘再次翻新
琵琶管弦弹飞酥油茶中唐宋遗风
万古楼让怯懦者自惭形秽
黎明时分千龟山散发七彩曙光
冥冥中东巴万神园揭开生命之源
虎跳峡是强者乐章,激扬未尽之志
星星踩着白雪神龟从古城出发
黎明走成丹霞风光,老鹰壮硕
云杉坪的良辰美景使水纯净
走过金龙桥就像走过彩虹
小苗可以走成文笔山的松杉
回归黑龙潭,兰圃另有蹊跷
一潭湖水清澈,有什么放不下

第三辑 佳景为你靓

旧梦伴着《浪淘沙》滚落银盏玉盘
遥望古城心有灵犀，丽江在上
举起杯来一生也不过如此精彩啊

2021年1月9日改定

万物相逢一个家

古道茶香

一袭唐装驮走凤庆春色,茶云泛绿
一队马帮连接东西情怀,茶河浩荡
从茶王树呼啸而来,故人茶歌动听
大叶送春摇曳山水灵秀,多情笑旧剧
红汤吹福千村万寨对歌,温茶暖心
从茶马古道的尘雾中浩荡前来都是凡人
马蹄声声传递古今趣闻茶花飘香情怀
剥一块岩石有唐宋仕女飞天影子
打一层尘土有明清雕画落地痕迹
傣家瓦罐翻山越岭指向中亚
勐氏石城月光剑影荡去无为魂魄
一缕茶香哟醉倒深闺梦人亲友常伴
一口醇甜牵引五洲笑歌这厢有礼
滇红在千年古道跃马前来相亲
1939年春天醉人心窝故人胸怀世界
一卷茶饼哟送人远行经年不散
中国绿在印度佛塔缭绕中国典故
滇红香在阿富汗石像飘荡花好月圆
那是俄罗斯大汉的醒酒汤哟一往情深
那是波兰美女的养生茶神清气畅

第三辑 佳景为你靓

把美丽凤庆打包慷慨送向四面八方
敲一下茶饼掉落鲁史古镇的雕饰彩画
摇一下茶叶飞出澜沧江的金龙长虹
晃一晃红汤荡出文笔塔的云山天光
满杯是大雪山的清泉，滇红金圈鲜亮
满口是灵宝山的花香，滇红汤色香爽
滇红是新的青龙桥啊连接五洲四海
滇红是新的茶马古道啊传送深情厚爱
每一口品茗怒江明珠清澈有意
每一缕茶香梦中情人嬉笑传心

2021年1月10日改定

扬州硬骨

江南不是青杏不是软绸
灵山秀水的翠峰绿石打眼
婀杨娜柳的硬菀韧根撼心
鸟鸣雀啼中最尖锐的绝响啊
每天最亮时七色光纷繁呈现
那是扬州的魂魄啊穿透时空
舞台翩翩美男气度硬在骨子
骨里长江比黄河咆哮激昂
张婴的战马跑红黄巾军的纱巾
扬州坐在水路中央气宇轩昂
气吞黄淮啊吐兰长江,何惧屠城
运河多像纤夫的汗巾,挥扬有意
有一棵树始终在风中飘摇江南风骨
有一声喊琼花香里吼破了隋唐宋
茉莉歌中喊软了元明清,来者好运
王朝强弱与扬州一脉相连,人无奈其何[①]
这是扬州的霸气啊荡气回肠
李子通在此建国称都剑指长安

---

① 扬州曾是漕粮运输的水陆交通枢纽中心。

第三辑 佳景为你靓

前人砍下皇帝脑袋也就三两分钟
王气在此"行在"啊气逼山河①
李庭芝姜才殉节于此西湖哭瘦身子
百年金戈不如一首民歌响啊，亲人归来
芍药芳香里不忍说韩世忠刘琦
抚着古城垣不忍想岳飞史可法
风高浪急啊吹散扬州十日腥气
看吴山渺远狼烟伤了孤臣泪
任运河浩荡壮阔了扬州气魄
那是茉莉歌传送的精气魂啊，众志成城
扬州儿女走亮远山近水气势宏大
安庆起义扬州光复只是一声清唱
苏中七捷才是真正的扬剧评话
三月香了琼花醉了杨柳，故人气如长虹
扬州的硬骨雄风啊比剑锋利
一直在根里唱着清曲哩

2021年1月11日改定

---

① 1127年，高宗赵构在金人进逼迁都过程中，以扬州为"行在"一年。

万物相逢一个家

春天色彩

青青江堤振翅飞天,新桥展翅
蜜蜂嗡嗡哼着小曲追风逐蝶
燕子呢喃故乡草味春天翅膀在哪儿
油菜举着嫩黄花朵欢呼张志和
在这儿呢在这儿呢枯枝冒芽
堤外金灿灿一片闪光朝阳阁美眼
闻闻全是孩童滋味,春色翻滚豆芽
春天就这样飞进我们胸膛了
腿脚还是不听使唤地奔跑

林中鸟巢扯着云朵飘浮布贴情怀
嫩芽在杨树修长躯干上赛跑
一群彩色小鸟沿着枝丫啄上啄下
一坡地菜花翻滚采茶舞
探头雏雀跃跃欲试叫声欢快
仿佛人人骑上鸟雀翅膀
西塞山一时船头一时船尾
白云在山腰扔下歌声悠然入舱
似乎颂唱多么美妙的江景啊

第三辑 佳景为你靓

那些车流行人才是春天的翅膀
这发现使人有了凌空飞翔感觉

  2021年1月16日改定于黄石港自强亭

万物相逢一个家

油菜花香

江水一浪浪漫过白芦苇
恋恋不舍拍打花绿堤岸
说是三月的颜色啊黄中泛绿
青葱叶片举着嫩黄小花
风中赴约的姑娘秀发飘飘
谁说这儿来过踏雪夜归的旅人
金戈铁马的场景与此无关
梦中江南菜花丛中呢喃作态
白鹅领唱鸭群一语双关
你曾经来过的地方山形依旧
我偶访摘些花朵不带岁月纽扣
燕子北归路途不曾歇脚
据说你在旅途中结婚生子
偶然上网会友也曾探访我的梦乡
甩着十八岁辫子面影朦胧
淡红发绳细看略微褪色
这个春天故乡有人聚会
同学们说岁月刻刀让你苍老不堪
相信失约是时间的调味器
油菜花开季节时间不可捉摸

第三辑　佳景为你靓

有什么比留住春天更加重要
这么想时你颔首点头梦乡
一群彩色蝴蝶翩翩飞向远方

　　　　2021年1月14日改定于黄石港朝阳阁

万物相逢一个家

早春有声

枯枝河边结出果实
鸟儿云中蜷身下蛋
一些似曾相识的蜜蜂旋飞
耳茧深处飞出一树梨花
不像雨雪纷纷的光景
听听三月泉水叮咚江河复活
杜鹃把梦境开得红亮可鉴
紫云英三五成群笑歪田野
一些人林中奔走不是摘花
一只山羊蹲在树边守护不动
红衣少女把樱花看成漫天雪光
逢人打听这条岔道的变化
谁见过戴皮帽的白胡子老头
是说冬天吗早销声匿迹了
抖索一冬的桥下客伸伸懒腰
吆喝同伴上救助站领取面包
溪边桃花多开了几片花瓣
养老院有人感慨溪水热了
春天终于来啦看到兔子了吗

2021年1月15日改定于黄石港强军亭

春曲悠扬

山坡色调多了，布谷鸟叫欢
丛林叶出苞开，笋芽冒尖亮
阳光趋暖，空气有棉花糖味
哨所兰花清香叶片甜润日子
梨树一夜插满银钗蜜蜂飞绕
班长一脸兴奋电话告诉爸妈
春色由南向北回家啦
草绿季节人群缤纷多彩

山顶炮口旋转，靶标忽隐忽现
操场脚步活泼，集合哨声急促
灌木丛大片晃动鸟语花影
一群翠鸟飞来飞去表演分列式
新兵椰树下成排抽甩腰带
春天序曲动静不小啊
鹧鸪拍打翅膀说是的是的
这山这水这人便是梦中糖果

2021年1月16日改定

万物相逢一个家

怪坡的哲学

坡势西高东低不算失衡
奇怪的是一些形形色色的心儿
人走在上面平平常常
不时有一些鸟儿飞来飞去

车儿走在上面顿失感觉
上坡不开发动机也会滑行
像人生旅程方向对了
慢腾腾总会到达终点
碰到的岩石一个方向滚动

下坡车辆不开不动
无论坡势多陡车身多重
据说车还是从前那车
只是心儿换了个儿
无论滑行多远
都是人为操作的结果

一些人儿在坡上走了走
一生没再走过下坡路

第三辑 佳景为你靓

一些车儿在坡上走了走
总是上下失态身不由己

   2021年8月3日改定

万物相逢一个家

黄石原色

黄石为什么姓黄
明净磁湖笑而不答
顺手捡起一块石头端详
翻动一次掉下一些元素
有些是铁有些是铜
有些是煤或有色金属分子
蹦蹦跳跳让人欢喜
你深陷其中难解其缘
清脆的金属回声诠释了一切
阳光的颜色斑斓多彩
金子原色是最好的呈现

2021年8月5日改定

傍晚的枫树

傍晚高地一片红晕
风中枫树举着熊熊火炬
瞬间点燃故乡高天帷帐
夕阳像烧红的钢管接近熔化
落下山谷的火光逐渐式微
山峰焦化见水冒烟
余晖暗淡无神直至消失
一棵棵枫树夜色中不见头
整齐高耸没有一丝倒塌迹象
山脉在它们脚下低矮无形
乌黑纱帐缓缓飘浮夜空

2020年5月16日

万物相逢一个家

石头的硬度

长途跋涉到山顶才有凉意
神农架群山平静不显异常
想象的原始林带未曾出现
没见奇石怪物,人猿只有传说
却在兴山野溪中目瞪口呆
对几块花脸石头爱不释手
它们的灵秀难究其妙
仿佛发现了一个未知世界
也许是石头跨越千万生界
发现了我们身上的幼稚病
用近乎爆炸的镇定征服客人
这个世界不再平静
注定有人梦里奔波一生
像石头一样坚硬耐磨
怎么敲打也没有回旋余地

2021年8月7日

晋枣秋红那叫甜

梦境多靓，游游彬县枣园知美
绿叶红果中八百里秦川起舞
云下果粒色泽鲜艳
看不够梆子腔天高海阔
说什么弥家河长李家川短
白起用兵气如长虹是旧事
看今日枣进中原名段集锦
江南水色写在大晋枣上闪光
喊一声香甜哟十里塬正红

日子多甜，咬口大晋枣懂味
皮薄肉厚十个一斤是正品
肉甜汁浓八个一尺是妙珍
吼一阵秦腔啊哪个敢称大
比千秋厚重怎一个古都了得
泾河川道夜夜厉兵秣马
天亮了颗颗皆是馈赠佳品
古道热肠才是关中亲人传统
秋色红透日挂中天大晋枣

2021年9月20日

万物相逢一个家

虫子爬过门槛

阚家塘108间房连通古今
来来往往无人知晓阚姓故人
也不见李氏亲人留住
历史穿过蛛网延续年轮
曾经的风雨了无踪迹
留在墙上的细节无从追索
风在腐朽窗棂上挂不住
天井深处多少琐事纠纠于怀
天道高远谁在梦里不能释怀
偶然回访的李氏后人诉说不清
回忆先人除了自豪一切变得抽象
最终游客也不留下什么

2021年3月24日于阳新排市

在阚家塘老屋

阚家塘老屋端坐时光深处
窗亮透过蛛网呼喊故人
幽深的天井静无回应
蜈蚣爬过的褐墙暗渍斑斑
弄孙饴乐的光景剥蚀不显
长叹不是来自访客的感慨
青砖灰瓦在潮湿中呻吟
空气也跟日子一起翻新
不老的是始建者的宏大心愿
由五块青砖述说过往厚薄
老屋碑样矗立，絮语显得多余
只有风雨来去没有变化

2021年3月24日于阳新排市

万物相逢一个家

悬天飞瀑

日照壁有手出神有帘入化
云盘玩珠其势如虹，旱年挥洒琼浆
穷年滴亮万家灯火，云彩图个吉祥
盛世逗笑万水千山，水中有戏
方洞吞尽峡口不平，北风常年唠叨

飞瀑迎空散花，溅水五光十色
双面单面挂空，不掩半山便道
心里有火日子狭路沸腾击鼓
水花飞油，阅尽帘外秋花春色
山高路远水量大小无关紧要
人生总是高处揭幕低处落脚
好花常开，有回音处是故乡
银珠四溅不嫌贵贱，英雄何需归途
把梦尽情挥洒蓝天大地

2021年3月25日

艾叶插楣

儿时乡下每逢佳节仪式隆重
家家艾叶插楣争着辟邪
父母郑重讲起一些传说
神秘中似有蚊蝇闻香远遁
如今城里过节无艾可插
想起故乡蚊蝇比人亲切
当年插艾的父母故去多年
偶在梦中摇晃艾叶重复老话
空余老屋艾蒿壮阔一片

2021年6月1日

万物相逢一个家

花开黄姚古镇

春桃夏榴秋菊冬梅分头来
黄姚的花成千上万伴客行
四季穿金戴银不分亲疏
九官八卦点亮稀奇灯盏
古戏台一曲宝对宝声声急
豆豉里月亮，摇大龙爪榕
黄精酒中太阳，舞活龟蚌会
只在石板街闪烁金光银环
尽情挥洒仙人井玉汁琼浆
大鲤鱼醉卧千年不思归
八卦城拒恶辟邪九峰外
迎来贵客带跳桥上抖欢乐
三江环绕一盘珠，糍粑煎饺分外香
九霄聚宝真武峰，洞阁庙祠联匾多
来客有心挂灯，请上隔江山取景
晚霞从容，柚子灯开满城香

2021年6月2日

禅修时分

脚板跑动就有棒喝
转出圈线比梦危险
禅堂哪有旁门左道

禅定是今夜唯一选择
心放下来万物自然安宁
时间空洞，无声原来胜有声

2021年5月16日于黄梅东山

万物相逢一个家

山中觅师

不在时间中不居寺庙
与经书无关，塑像是表象
碑刻默不作声

不在内心不藏万物中
你在人间行走也许见过
也许从没相遇

    2021年5月16日于黄梅东山

名城印象

行人不多车辆不少,名城偶飘枯叶
车尾黑烟扩散人影,新种樟树半黄
穿过繁华街道,古代护城河狭小
依旧拨动历史深处最后荣耀
黢黑河水静止,果皮易拉罐似沉非沉

过去老人在此说书唱戏,现在避味
挤进公园阳台取乐,假山单调
花红草绿景象曾入记忆,从前有鸟筑巢
一棵新茶花样子憔悴不堪重负

城隍庙年前推倒,老城随风变脸
紧锣密鼓筹建娱乐城,新外滩渐现轮廓
禁行告示提示耐心比路重要
新景观将比陈年遗迹更具魅力

扩建广场成为雕塑欣赏园地
音乐喷泉吹送小孩呼告喜信
昨天市长讲话大拆大建品质添花

万物相逢一个家

队伍高举卫生城奖牌环城巡游
早晨走过广场果然激动不已

  2021年8月12日改定

第三辑　佳景为你靓

天狮舞

上纵下伏雀跃,云中一个蔡甸闪烁
扬头两江飞花,江汉平原卷绿毯
摆尾百湖起舞,风里总是汉腔热
多少大事从来急,转身从容藕汤香
跃身举起九真山,水乡莲花鲜灿灿
鸟不叫戴金峥峥响,藜蒿天下绝
放步落下官莲湖,鳙鱼味美荆楚
钟子期垂泪听曲,集贤这厢有期
金龙水寨开怀,香了一锅熏鱼
不高不低摆荷叶,历史悠步闲
沉湖一碗水端平,郑举赚少图个快
登高一跳东方亮,朱光亚振翻长空
鲲鹏展翅有奔头,鲜了瓦罐鸡汤
洞子湖畔百兽舞太平,芦笋茶甜
高了嵩阳低了陈子墩,楚国根深
一块石器画圆商周,牛骨头香醇
豆丝不土,三鲜豆皮爽歪外宾
鼓声里阵阵喝彩,铜斗量才
过江之鲫皆英雄,狮头烁金
红陶弦纹开妙,千军万马过江来

万物相逢一个家

今夕是盛年，知音湖里回声响
雄狮常回头，大好河山颂蔡甸
说不尽蔡树藩吴运铎，高山流水长
索河多杰，说唱中不止一个贱三爷

2021年8月19日

滇红山水色彩

在凤庆水上浩荡，四方有应
姐妹相依，流进杯里叫滇红
红亮讨爱，喝了沮丧娃扬头
山有多高水就有多高
凤庆湖泊山之上澄清心境
爬得越高流得越远啊
澜沧江里鸡枞哗哗回歌
这才是亲亲的滇红啊独步云天
红鼻蓝眼人儿一生叫香

在凤庆山上郁葱，八角有香
棵棵肥硕，大叶垂身内蕴情怀
见缝插针独木成林舍我其谁
水有多宽春天就有多远
凤庆山峦水之上巍峨情怀
水涨山高啊春色入茶鸟雀叫春
这才是香香的滇红啊四海养心
彩云之南的春天四季不散

2021年8月21日改定

万物相逢一个家

荥阳铁骨雄风

荥阳是古战场的鼙鼓,响彻历史
吴广是一声绝响,声震寰宇
荥阳的铁骨雄风吼得淋漓尽致
千年檀树一枝独秀,百鸟奏鸣不衰
王侯将相宁有种乎,黄河常年咆哮
鸿沟浩然蜿蜒一腔冲天霸气
中分天下从来不是英雄初衷
踏破虎牢雄关的不是金戈铁马
男儿自有一统江山的英武豪气
打马而来的不是刘皇叔唐太宗
荥阳人的雄心壮志啊引领百世风骚
牵引机卷扬机天南海北各显神通
万山冬桃千里脱销,荥阳柿子甲天下
最喜河阴石榴红,粒粒甜了万千游客
这便是千古的怀念了,独一无二
荥阳人把虎牢关做成玲珑物品打气
套上水管叫阀门,卡住关节称螺帽
一股兴旺气象蔚然直贯中州

第三辑 佳景为你靓

长亭短台掩不住悠悠情怀
环翠峪里多奇彩,古今多少壮怀事
一场博弈化云烟,鸿沟无界兵自来
想起刘邦项羽拼死活,多少王气
不敌荥阳一柿饼
多少阵法绞尽脑汁空费劲
不如今日棋手一声笑
象棋故乡搏杀千年战马不停
看棋盘纵横交错气势不减当年
万千变幻只有棋如故

嫘祖之乡多少豪迈从头越
看嫦娥奔月后羿射日,不如南水北调
动心魄,想伏羲八卦女娲补天
不如西气东输暖心窝
敖仓储粮史书劳军没个完
不如今日阀门机械夺声海外
大海寺当年分兵定向策
只算少林客车销售小计谋

万物相逢一个家

今日荥阳花红柳绿喜事多

月下赏花尝榴笑语连连

醒来全是深闺梦里人

    2021年8月23日改定

第三辑　佳景为你靓

金昌和气有声

金昌北风挤南风，一年至少见一面
不见时思念村庄重心，斗兽表演激烈
一堆土包在龙首山变化不大
里面军团从未见过却不陌生
长啥样一概不知常回祁连河沟梦境
不经意中带走忧伤花瓣和丝绸古道风月
留下传奇不算神秘，细节吓人
有些描述夸张听者鸟样兴奋
梦一回添份力量，山鸡叫声响亮
有时学着长辈坟头报喜许愿
声音再大里面人不回应不指责
一年事情金水湖瀑布一般顺畅
汉明长城的神韵和着月光挥洒
走多远路程都不累，钟鼓楼脆响跟随
天空辽阔许多，大地上树木都像故人
大摆骊靬鱼鳞阵，头发飘扬不可小觑

2021年8月25日改定

万物相逢一个家

月过犁靬古城

散尽黑夜的星星有军团身影
骊靬古城为你燃尽心中块垒
化为废墟也要尘土一样融入花朵
迈向月光深处,季节铺满来路
也许是清风或星火漫天散花
无处不在的佳人蟾宫欢跳节子舞
不小心把自己漏给时间追逐
花还是那些花,路还是那些路
犁靬古城的过去,时间不说
传奇静处开放,记忆中忍耐
重木城战法失传,鸣沙王国浑然不知
金昌有支军团也曾叱咤风云百战不还
和骊靬县一样来去匆匆,留谜团祁连空谷
女儿墙望断南飞雁,鸾鸟尖鸣从未梦见
鸣沙神泉告诉云朵,英雄归处湖泊平静
在金昌,历史比时间深厚人比梦高

2021年8月26日改定

泉响鹿门山

五峰挥舞千绸百缎,绿海婆娑风情
烟树葱茏九壑,鹿门山泉流蓝长空
幽谷深涧氤氲雾岚,云非云山非山
一注清泉飞挂峰峦彩云间
静听竹露滴响,一帘万珠跃神池
贤相名将灿若星河,气象云蒸霞蔚
来自烂漫山花,抑或金秋红叶
每一处溅珠都是千古名篇
每一声叮咚都是万年绝句
鹿门寺山水历来惊天动魄
随意咬一口是庞德公的灵芝仙草
踢一脚是孟浩然的田园秋色
望一眼是皮日休的鹿门夏日
万人醉里吟诗击鼓三百回
不如刘秀中兴一春梦啊
葛藤悠悠系万情,怀古请来鹿门山
汉水深处见襄阳,孔明这厢有礼

2021年8月26日改定

万物相逢一个家

过隐水洞

一个时辰穿越老中青三段年龄
回首时不记得层层仙人田
也不清楚曾遇天鹅之吻
说起鲤鱼跃龙门恍若旧梦
人生比金银瀑布流得更快
是马良神笔还是雪山飞狐
心悟不清,往事如烟飘远空

十公里路穿越前中后三段时空
轻轻走过原始社会的刀锋
悠悠划过农耕社会的渔舟
匆匆驰过现代社会的轨车
玉兔时光深处观桃流涎不言妙
电闪雷鸣笑看八仙送客山鼓清脆
云关古寺钟声惊落千年石莲
那些不慎入画者闪动高处
发出的光亮称为磨盘山时光

洞中没有神靴天助也无妙笔化心
心静方能瞬间穿越漫长一生

第三辑　佳景为你靓

浏览古史隧道一处洞天足可明志
一些人沉浮其中沾沾自喜
一些人进出自如游刃有余
而远行人不归只在梦里返乡对歌
隐水洞是片段，《海棠花》才是全本
也许人生最宝贵的就是一些过程
来过了天地也有一份收获

2021年8月27日改定

万物相逢一个家

铜绿山观矿

跨越千年旅程姗姗来迟
阴霾天幕为之一亮
昨晚矿难画面触目惊心
电视机在午夜停顿
愧于三千年前的采矿故事
古矿址处处通灵显妙
八十四处坑道口妙趣横生
栎木撑起的世界千奇百异
不见尸骨塌方,研究不出意外
三千岁坑道坚挺不改模样
别处年仅一岁坑道险象环生
让人疑惑不解,事故接二连三
矿工追悼会上有人痛哭失声
说缺氧的孩子断奶太久
沉迷矿难永远长不大

2021年8月28日改定

第三辑　佳景为你靓

偶过铁山坑

人类挖了一个大坑
把过去年代埋藏起来
叮当半天进去一些黑人
爬出来却是宝贝矿石
敲打火烧多年
也没发现过去影子
历史就是这么玄妙
跃身其中不见形状
矿坑越挖越深
一些人怎么使劲也进不去
好不容易出来的人
又与这些无关

　　　　　　2021年8月29日改定

万物相逢一个家

美猴岭奇遇

忍住猴群百般抓挠，风刀刷了五百年
树干坚挺如柱，暴雨淋不熄心中火焰
百虫喑哑无声，冥冥中有种情怀
偶尔放飞几道彩虹，昙花一现
也许仅为这次不可重复的邂逅
下山一步三回头，似乎丢失什么
每一次停歇站立如树
好像要给未来者做好榜样
谁也不知千年后谁是来者
能在此地拾掇什么
得到的东西狐仙翻过几次
还是秘匣初现人世，时间老人不答
钢钎撬不开它冷酷的嘴巴

      2021年8月30日改定

虹飞洛阳桥

蔡襄放飞一只鹰，上天飞虹云空不散
入海煽动白帆点点，丝绸之路蔚然壮观
歇脚刺桐有形，双翅横卧洛阳称桥千年
归帆锚处，多少家人桥上道万安
古镇礼多，筏形基础不是抛石固基
是越人精卫填海豪气翻江倒海
桥墩岿然不动，两头冒尖分匀水势
种蛎墩石与石无关，是人中流砥柱
白色蛎房缀满桥墩，生物可成长城
天堑变通途不是江海，人心无限辽阔
16次古桥大修，只是苍鹰归巢就食
46墩如舟夜夜蓄势待发，丈夫四海为家
前人制定《龟湖塘规》平息用水纠纷
不如一桥纠心，去舟而徒百世为大
刺桐花开，牡蛎翻涌百舸竞发
船夫望桥心安，大港深处是故乡
有人心揣彩虹桥，飘洲过洋没再归

2021年10月29日

万物相逢一个家

温顺叶子

杈上青翠欲滴树不满足
鸟儿钦羡飞绕，一些清香飘送
花虫嗅来嗅去，高处云彩相依
果实下面叶子日益消瘦褪色
当秋天树枝抖落肥硕果实
吸干养分的叶子受累飘落
使尽最后一丝力气鼓劲
巨大呐喊声沙沙沸腾夜空
一股无边力量滚滚而过
早晨打量光落的粗枝硕干
地面尘草不生空无一物
大家关注的叶片不知下落
有人说在山谷深处隐居
有人说已回归大地母亲
树枝摇头晃脑不作回应
新的季节如期拉开帷幕

2021年9月2日改定

第三辑　佳景为你靓

路边朴树

农家庄一棵朴树惊世骇俗
三百年来飞鸟筑巢不断
伴随春耕鼓声白花点缀村野
阳雀树巅呼唤先人乳名赶不走
多少代鸟类看尽婚丧嫁娶，处变不惊
多少先人饮尽风霜雨雪，苦过树叶
偶有病人亲属攀树剪枝以图吉祥
上树一人摔伤一人，说法古怪
情形无法考究，一条路树边绕行
历代向树致敬的不只四季花朵
升化魂魄的鸟雀，从容安窝树杈
战火中树下昂首走过天国将士，走过
朝气蓬勃的北伐先烈和老游击队员
散发的思想叶片长满朴树
喝过朴树皮汁者百病全消
丰厚果实比秋天饱满，没人用来榨油
没人树下弃绝凡尘，树从容让路转弯

2021年9月3日改定

万物相逢一个家

什么鸟林中鸣叫

随竹枝一起抖动肺叶
婉转歌声层层散发山色情怀
朝向城市的花草意味深长
仿佛听到幕阜山一种心灵颂唱

葵花垂下迷茫头颅
一群彩鸟异乎寻常地鸣叫
这些不速之客一定带了某种信息
急切盘旋空地，秘密无从解读
场景似乎与什么相关

2021年9月5日

栎树多福

栎树是林中老主，人是过客
腰身双人不能合围见过爷爷的爷爷
其中几位爷见过树的幼年或中年
难以详断，树看见子孙成林心思宏大
风刮走不争气的，根叶下崖尸骨无存
老人坐在树下珠泪涟涟，人不如树
儿在南孙在北相距千里今春不见
太阳升起栎树见到孙辈一脸光辉
月亮落肩老人神情略显落寞
幕阜山深处老兰花香浓郁
爷爷说越不见光老兰越香
人不见光就会不久于人世，谜底无解
山外城里没消息，老人盯着栎林微笑
栎林中午沸腾，有人捡到什么果子

2020年6月6日

与椴树有关

椴树不断,幕阜山叫蒸笼木
挺拔身躯比樵夫结实,不惹事
水浸不烂火煮不折硬过山石
做成蒸笼饭菜清香诚意满堂
山里九碗八桌缺了蒸菜不成宴
幕阜山冷月蒸成香肠热包
啃饱的汉子砍伐椴树,斫月成歌
吃香的婆娘浣衣棰石,声调古老
这种水火相关的木材顺水远行
出山当火柴铅笔,生火写字办好差
蒸出岁月味道,火攻不损豪气
老人说多蒸些细菌让世界可口
远在山外的儿孙早点踏雾归来
椴树呼啸中幕阜山家家花好月圆

2020年6月3日

空气带不走

这儿宝藏不竭，人往高处走
云尽处不是幕阜山，是宽阔城池
远行人偶尔带走树木花草
也带走兔麂熊豹，不同的是带法
干货比较配合，活着的心向故山
轮回中山川平静云朵祥和
固定的只有祖屋，留在原地等人
空气萦绕祖屋从不远行
其他存在游来游去像漏网之鱼
大年不回山的人说城里缺这股空气
满街漂浮消毒水，罩里故人看着陌生

2020年6月7日

> 万物相逢一个家

镜子是空的

天空自己关闭
万物开始反思
大地复归沉寂
该我关闭城堡了
严冬即将来临
众神请消失吧

2020年9月17日夜

廊棚云天

不是棚子,是天与地连绵不分
日子情意绵绵淌过环秀桥
谁吹拉弹唱落下一地杜鹃
不是流水,是云彩随桨摆尾
一船月亮不分大小上飞檐
来凤桥送子报喜不过醉园
一落水啊挂满待客果脯
雨天不沾雨,心有灵光回旋
晴天不晒阳,身蓄正气常刚
江山只在田歌豪吼中壮阔
烟雨长廊犹如瓦当刻戏热闹
且进种福堂,西园有松可听涛
越角人家稷稷有声是和弦
吴根越角自有锦鲤翻跃
念七爷彩虹深处吹饼香

2021年9月9日

万物相逢一个家

石皮弄炼心

里弄一条窄道
不偏不倚才不碰壁
抬头就有一线日月闪光
低头只剩青石墙脚冷落
人啊一往无前便见生天
一生路漫长宽窄不一
左尊右福是两家,燕子清白
横竖不能走错门槛

2021年9月10日

环秀桥有虹

连紧小桐北翠，西塘月高
远看船如金梭穿玉环
近看人步彩虹带云归
百年不长只如一道彩虹
石在桥存见惯云上风月
水流树长曾梦阅人无数
这店好吃，干菜烧饼蒸肉香
那厢有礼，黄酒一杯迎英雄
戚家军真好，梦里常闻鏧鼓响
北望太湖青山巍巍颂英雄
南眺柳榆月色皎皎五姑娘亲
桥顶一览无余，花墙放歌有吴越
嘉善瓦当走天下卓有吴格
灯火一线亮，蝉衣包圆是故乡

2021年9月10日

万物相逢一个家

西塘花窗

粉墙黛瓦没有窗户亮堂
木舟九河摇曳千窗百宅
河中生姿是梦，镜中画如月
窗外古桥何人常年放生
玻璃泛光可鉴千年日月
有情人多梦，雕花格子掩心
每日心思都有自己花样
吉祥图案表达千家万户善意
家什再旧不必与人共享
西塘花窗比故人更多风月
五姑娘啊让这园林多情
斜塘吴歌只合梦里共有

2021年9月10日

北碚叶脉画

不是画啊是巴国历史重新循环
小三峡没有陪都故事复杂
粗枝细茎丰富嘉陵江支流
白石横亘江心突出巴渝风骨
北温泉滚出几滴忠烈热泪
小如冯时行学堂大如张自忠墓
金刀峡险峻不如张昆一把刀
秋池未涨，胜天湖人定胜天
古刹塔坪甩出枯藤老树昏鸦
偏岩古镇描浓小桥流水人家

不是叶脉啊是巴人骨骼坚挺
缙岭云霞不如李商隐半句诗
归乡人慢剪烛，绞股蓝全身宝
矿藏向来羞涩，蕨菜香过荒年
金刚藤作菜春天劳过军士
缙云山甜茶焙干养胃壮气
猿啸莲花不是峰，是玉尖透亮
轩辕不曾炼丹，石头烘云砺心
听钓鱼城鼓声，巴山古来最高

2021年9月13日

万物相逢一个家

神鹰峡浴眼

近视鹰嘴巨大突破峡空
山一分为二无坚不摧
玉汁甜泉从鹰嘴自然流淌
一朵朵云盘端果献花
峡口阴凉润泽壁垒森严
是英雄含泪穿峡而过

远观一只小鹰俯视清潭
张嘴吐出万千晶莹珠串
峡岩突兀人生哪峰不险
麻辣烫不如水煮鱼够味
旁边有了钓鱼城，合川不小
与北碚比翼齐飞胆气豪

2021年9月12日

王家大院看人

百余院落风姿各异,云天秀美
王家大院看人果木纵横幽深
石比人灵木比花巧砖比云奇
凌霄阁上有人画像,声势煊赫
前朝功臣发今朝宏愿,来日方长
圆鼓上八仙过海,贤者辈出
浪花不大,武士奋力擎天
西厢无记,羞花者掩脸望月
天井处勾一轮旭日当球抛
中者有王有将,寒士摘元显
何人贤达天听,骑鹤翁笑而不答
槐庭报国族人英烈气贯长虹
马啸关山月出花园鸟飞天明
三百年嫁娶喜事多,瓜瓞延绵
数暖心人物,不在功坊牌匾
点江山渺远,无意将军大夫
绵山脚下一农夫,磨亮百年时光
金砖银瓦不如挑上一豆腐
实公常在,云起处神仙摆手称善
绵山抬脚,浮云皆是神马

2021年7月27日

万物相逢一个家

敬业堂听声

院内一直回旋好听的声音
梁上人物神态端庄说辞严肃
窗棂上百鸟飞鸣悦耳动听
神龛上众多祖先音容慈祥
壁画上杰出雕像活灵活现
书房里总有琅琅书声回应
云朵在天井闪耀大花环
檐柱壁窗上花开马叫人欢
亮在地上的露水叫家训
映着一代代先贤与你轻声对话
今夜有人兴奋地回到前世
有人微笑着阔步未来

2021年7月27日

第三辑　佳景为你靓

夜猫子集照亮窑湾

天上街市落户窑湾福地
鼎沸处赵信隆酱园亮了
西服小哥挟着青虾蘸甜油
不如乾隆老哥悠两声够味
吃糕妃子映着月色笑得可人
桂花香中《打蛮船》一声吼
醒了梦里绿豆烧酒客
史可法挑灯登船直插扬州
那声势压过一曲《广陵散》
窑湾有自己的冲天气韵
船犹雄，不只吴家大院的阔
桨还灵，亦非蒋家大院的巧
酒肆摊点平静刷亮夜市人气
不见猫影，只有街灯连天市
浩漫气度过客无法揣测
大河在此黄金分割
人间大美多少湾
横竖不少最美窑湾

2021年7月19日

铜石响鼓数北流

鼓响象郡旧地，云烟处粤桂通衢指大海
大气派鬼门一关喜泣停，驿路向北归蹄急
京都闻不闻鼓声无碍，苏轼李纲此地留鸿
鼓棰置地有形，三三两两绝了阴阳山景
石比鼓响，鼓比石硬，鼓石铿锵天地
北流陡增壮气，李明瑞俞作豫举义气魄大
108个奇景不算好汉，炼炉代出异型鼓
勾漏洞勾曲穿漏不足奇，世界鼓王空前绝后
远望一山不分彼此，近前阴阳有别
三娘洞鸭儿洞不是洞，是铜鼓响彻天地会
十泉三池不是池，北流神童才压三江
会仙岩千佛岩不是岩，是马达刻的葛洪像
李宏陈柱才是人字岩，经史子集可圈点
雄狮巨蟒石不叫奇，党鸿辛有功家国
双女石是小说，《北流》中捞妹好趣味
奇鹅蘑菇石是情怀，林白还写《北去来辞》
凉洞不叫说书，是朱山坡《蛋镇电影院》大片
东面瀑布飞天，俚人俗事随瓷附鼓游四方
层变耸秀壮观，铜色苍茫一片英雄气
圭江秋色亮过云，万千气象尽收眼底

2021年8月21日

第三辑　佳景为你靓

和平古镇三禁碑遐思

狮形山林木葱葱，三百年不走形
聚奎塔完好无损，煌煌然袁崇焕题名
树山竹林尚具初样，鸦雀看着快慰
老幼施爱松杉竹，不许砍柴挖笋虫蛇明了
一块护林碑不过米把高哪有如此神奇
亭台楼塔森严古人读出了一种规矩

城堡式大村镇四墙高围福建第一街
街巷完整青石板河卵石逐块展示年画
三百间明清民宅青砖琉瓦雕梁画栋
祠堂家庙原样守护时光花朵四季常开
石桥泮池幽雅别致花窗上蝙蝠逗鹿
九曲十三弯古朴幽静回放前朝光景
棋盘石不显荣耀只是一种乡情回归
六百米长古街井然有序，云朵不乱穿梭
檐内设摊早成传统，货摆哪儿鸟雀皆知
百巷纵横迷宫，墟日万人不挤乱
故事书打开今人读懂了历史厚度

谯楼下岁月悠悠，潘家巷柳暗花明

万物相逢一个家

游人如织南腔北调对上如意颂

和气巷有奇遇,摆果台五谷丰登又一春

触摸历史脉搏一碗游浆豆腐香三街

喝着观星茶别具青山绿水情怀

此地三百年前深知环境娇贵

山水多彩,烛桥龙灯玩转天

昨天今天明天三块镜面似相非相

百年茶花沁人心脾,天地飘逸

2021年8月22日

第三辑 佳景为你靓

邵武方言

邵武方言是风味菜云中雀应有尽有
城关片话扩散三角戏俚语，鸟叫动听
落在街巷七彩拼盘耐看，包罗万象
过溪三相璀璨了云灵山的峰色天光
拿口毛竹常年漂洋过海，竹品俏销欧亚
南源寺与《金刚经讲注》风雨行弥足珍贵
狮子崖古木参天，《磨镜子》唱亮乡音
吴家塘拿抓糍呱呱叫，十里八乡一口香

洪墩片话张扬村姑山歌情调，音色亮丽
三十里平川低出气度，英雄过处皆开花
硫铁铜铅锌煤样样丰硕，宝山有诗
石灰石花岗岩高岭土黏土各有千秋
竹笋香菇竹荪木耳红菇天下绝
羊角尖名茶洋半天十里洋场惊艳
水口寨河穿行南北，贵在海纳百川
《双福船》声声吼，富屯溪鲤鱼跳欢

金坑片话放开原生态溪声鸟语
一堆古瓷深山藏韵，有宝无宝乡音开门

万物相逢一个家

辉绿岩不仅铺路垫基，铸柱接头敢上墙
鼓响三界英雄归处有金矿，粒粒足赤
弹孔墙暮色深处讲故事，一抹雨烟飘魂
隘上红菇称参叫奇，万里回味儿歌最甜
土纸千年不老，一夜飘越三山五界

和平片话摆开傩舞鼓声足音，水势浩荡
古堡上空一直散花，各路珍奇彬彬有礼
道峰山莽莽苍苍神秘莫测一线遮天
张三丰36景处处学道，树木见人跳傩舞
桂林攴山云带束腰披红纱，菇是山精
九山半水半分田，一人能担千斤谷
日出日落只算凡人泪，闽江源地花田美
谁先跳八马和幡僧，樱花园里老农知
天成奇峡百鸟千物伴人飞，真菌怀春
七百种昆虫啄花纷飞，邵武这边独好

2021年8月23日

第四辑
水色连天妙

饮用水源

这个词汇出现是大地的无奈
牛皮癣缠身，选块好肤色艰难
不是标榜名花有主，不得不圈地示警
鸡鸭牛羊禁行，人尿马粪走远
工厂楼盘靠边，排污管道绕行
大雁冲天一叫，此处可建家园
鱼虾翔底，总算找个活命场所
水上地表要与珍稀物种比活力
水入地下要与宝藏矿泉比高低
谁说水无精灵，逼你视为宝贝
又不能金属超重，为所欲为
敢在水中试法，必定被水吞没
让水纯洁，也给自己一身干净
水活得舒畅，人才能安身立命

2021年10月9日

万物相逢一个家

有色水体

肩挑人扛饮水时，山水干净
江湖河塘本分，水井沟渠友好
水体清甜，原生态回馈勤劳者
当工厂城乡开花，自来水代替汗水
一根管四通八达缩短了人水距离
零接触中人不费工夫水费力
难免铁锈胶染捣乱水体变质
轻松下来的人不费劲地甩扔垃圾
以为水进家门，外界与己无关
环境野马受惊脱缰，水体频繁遭殃
癌症怪物随来，诸事千奇百怪
有水地方怪味浓郁日夜受累
水如酱油看不清个中明细
想不当睁眼瞎，弄清水体变得艰难
很多人穷尽一生没和水交上朋友
絮絮叨叨一辈子懊悔不该得罪什么

2021年10月11日

听琴百丈漈

一人百丈漈听琴,月朗风清
一长条神琴拔地通天声声悠扬
月落天顶湖无边银光四溅
一千只金炉兔大抒千古幽情
人显其灵花增其泽不知身处何方
浅斟细酌间江山风云变色
百丈漈听琴天上珠玑交响成曲
大响成瀑小音成泉王者归来
瀑非瀑泉非泉,天地合奏洪钟大吕
一神琴悬崖峭壁上化腐出奇
月光在心房插花种豆不带枯叶
每一丝呼吸覆盖六百年前琴声
使人壮怀激烈不能自抑
那青衫琴人暗处摆兵布阵
守金陵收太平不过一曲《高山流水》
《十面埋伏》定下征陈攻张大略[①]
哗啦悠长枯木逢春百草腾身
一如螺蛳青湖面弹跃吹箫

---

① 即元末起义将领陈友谅和张士诚。

万物相逢一个家

月光里亡国开基只是一首歌
飞云湖流水潺潺凡夫大可作为
山高水远多少英雄消逝如斯
琴声时而凄切悲怆时而喧哗激昂
百米飞瀑不过一把天然竖琴
天地辽阔啊唯留如此神物[①]
云烟寄托情思日夜颂唱襟怀
晚霞映天多少故事未能诉说
有情人自与天地合为一体
今夜星月温情你是唯一的英雄
千年溪水月光静静流入心田

2021年7月1日改定

---

① 明指百丈漈飞瀑，暗喻刘基遗留至今的一把古琴。

瘦西湖肥扬州

园中有园，雾里大过梦园
林中有林，吹绿十里湖光
白塔绿亭看晴云，气象宏大
烟花缓飘，万卷画撒云朵
湖里一个扬州肥了，楼影幢幢
天上一个扬州瘦了，彩云稀淡
地上扬州飘拂不停时放时收
一路挤弯楼台亭阁，琼花纷飞
梅岭春深啊怀春少女有礼
春台赋诗痴痴钓月钓不出自己
长柳飘飘如钩，扬州水色明媚
虹桥上不小心钓起一个肥扬州
那是西湖走散的瘦腰回家了
玉箫声里卷起一桁珠帘好景撞怀
绿柳城郭平常心，琼楼玉宇不醉人
有梦啊且在船上悄悄做圆
光阴苦短情谊漫长郑板桥气窄
琼花香里不曾想李白苏轼
只看润扬大桥飞虹溢彩水色一新

万物相逢一个家

热了镇江肥了扬州一家亲啊
亭台楼榭来的都是贵客，日月羞涩
钓鱼台上喝声彩，喜直了一路烟花

2021年7月2日改定

洁净甘河

水依街 街绕水
水在街中流
街在水中长

黑白相间点点亮
一线瓜灯游两岸
瓜在口中尝
水在心中甜

见鹿是鹿
见狐是狐
水镜与水镜面面相觑时
相互笑告彼此的相同

当跌成碎片时
它们仿佛什么都是
又什么都不是

2021年7月3日改定

万物相逢一个家

磁湖无石

几块小小磁铁石有灵有物
偌大湖泊眨眼改名换姓
从张家湖到磁湖过程简单
时间不可捉摸,历史比水残酷
不由分说掐住怀疑喉咙
湖光山色让人哑然失声

岸边走动,怎么翻捡也无收获
缩小的湖泊回不到过去
熙攘的来人代表不了未来
站过的地方有时称为风景
有时踪迹全无不入法眼
这湖不见磁石说来说去还叫磁湖
提起张家湖呀过客一脸茫然

2021年7月5日改定

第四辑 水色连天妙

扬州花筒

扬州风景不在何园个园
也不在瘦西湖汪氏小苑
在《松石图》和《鬼趣图卷》中
游客一拍掉下一群李白杜甫白居易
再拍重一分掉下一群扬州八怪

扬州工艺不是贼亮的漆器玉雕
也不是声名显赫的刺绣绒花
游客一看是《春江花月夜》的鱼龙飞雁
再看一眼是朱自清大节大义的饥腹背影

扬州曲艺不在喁喁扬剧评话里
也不在声声脆的扬州清曲里
游客一听是十里长柳击鼓摆阵
再听一声是史可法摔笏绝响惊心动魄

2021年7月6日改定

万物相逢一个家

鸟雀飞过省界

一河养两岸花草,吼一声两省回响
古石桥比爷爷老气,常过花轿龙灯
桥上过去串亲拜年有人迎接
现在这头农用车堵死不相往来
邻省那头垒起防洪沙包如临大敌
一夜间亲戚摆出楚河汉界架势
小孩子天真询问何时结束游戏
好上对岸姑妈家拿红包喝姜盐茶
碰到的大人一笑了之吼着别闹
急得孩子们恨不得直呼对岸亲人
很快公告桥边眺望违规空气有鬼
下楼人屈指可数呵气不成雾团
只有鸟雀不长记性飞来飞去
河中鱼虾不分界线自由穿梭
一些声音没来由地跨省骚扰
春意如常不明不白过完了新年

2020年2月22日

天岳明净

人鸟表演悬崖峭壁，云朵爬上滑下
三爷飞檐走壁采药自如尽显童子功
人悬空摘宝，棵棵饱浸负氧离子
每棵药草内蕴传奇，灵验远方
这山水洗肺暖心，游客流连忘返
来人吟诵乡歌，百病随雾散去
吸一口山岳起伏，万花对空摇曳
湖水清澈人心如画故人默默疏离
乖孙远去异国他乡杳无音信
疑问自己打结，人老了无所谓离别
年轻人不喜山一程水一程样澎湃
只有老人拥有故乡守山自安
品一杯香茗一个人看尽关山风月

2020年7月19日

佛沙化水

滴沙成泉，人泪长或仙水长
山难考证，反正与野兽无关
泉水不枯，百年来受人敬仰
万沙翻滚，立地成佛出池为水
千般火团化玉露万城沐甘霖
传说宏大暖人，善者尘世为尊
池水溶沙或沙化灵水，流泉不答
喝过泉水汉子四方报捷不染病
山民取泉熬药求者云集闻泉止步
禽兽敬拜不是喝水而是鸣叫三声
胸怀远方者吹沙成露落碗润心
心冷如沙者折腾轮回丢份现眼
世界小了，一滴泉洞穿人心黑白

2020年8月4日

第四辑 水色连天妙

营边小河

一条河由北朝南奔腾营区西面
木头常常咆哮着推搡雨季滚滚而来
浑浊浪头不时喷出受惊鸟群
碎叶漩涡中心旋出许多悬念

从前我们全副武装在这儿泅渡过岸
不小心呛进河水都像日子苦涩刺喉
朝气透过身体河水一样汹涌澎湃
漂流物撞破伤口浑然不觉

连长说激流中训练是胜利的保证
我们奋不顾身样子使人误会
好像我们才是真正的河流
总是提前抵达目的地
团长慷慨激昂的讲话水流一样节奏分明

士兵故事如波涛肆无忌惮地翻涌
据说上游常有男女山民混泳戏水
下游河流平缓穿过峡谷流入异国他乡
有一年一位抢救儿童的战友被水流带走

万物相逢一个家

不知不觉中使人对河流怀有
一股不安的敬意

每一年山民把椰叶扔进水流祈祷平安
就像我们在清晨面对界碑放飞白鸽
河水过滤中一年四季心安理得

      2021年5月22日改定

知音湖的鸟

水质清纯，镜子搁在心上
天上照样亮一块，草木茂盛
云朵飞来飞去，擦过绿道恋人
曲折岸线是水波的感情线
与岸无关，藻类展示柔软情怀
湖天接处鸟儿自由飞翔
历史不远，一草一木满怀深情
驿站人影等待步道翻新
故人穿过车道不识归途
在知音湖埋怨没有静处温暖
鸟儿都知等待是最好的归期

2021年9月13日

万物相逢一个家

沉湖的大雁

飞得开江汉平原，舍不得蔡甸
两江不是清泪，是云朵浩荡
滚滚音符追花逐云，芦苇无边
向南，汉水洼地故乡亲
九真山是鼓气包，落脚有草
一木四季常青，龟虫和谐
鹳鹭引颈高歌处，鱼群悠闲
一群大雁飞起老高，有花常开
沉湖在歌处静听，哪有他乡
来客都是知音，歌者不需归途

        2021年9月13日

秋浦河的秋色

比银耀眼，扮成夫妻两边起步
仙寓山注入香口花芳鱼肥
大洪岭隐身公信河殊途同归
不做高耸的山峰杵在原地
要做低淌河流滋润大地
白鹅跃高川，光耀的何止日月
不提荀鹤，逐月的李白在此逐绿
百里秋浦佳句纷飞花红草绿
苔绿如画杜牧遥指杏花村
应箕书揭气势常绿江南岸
有屈子遗币镇月，岂缺风骨英烈
稻香芬芳池州人家棵棵树脂香
百万黄沙下江淮，粒粒问鼎中原
萧统不钓诗不钩鱼，只点忠心豆杉红
放灯万里竹排长，故人何在
星星长空打谜语，池口展宏愿
铭道之志不在山川名胜
秋浦江的含蓄滚滚江海自知
鳡鱼一跳亮，漫天秋色尽在笑口中

2021年8月30日

万物相逢一个家

云上浣花溪

浣花溪春色变化万千
有时是发着琵琶乐曲的翠鸟
茅屋上空歌唱花红草绿
略少一些苍柏森森的浩荡
白色蘑菇开遍屋顶草丛
垂柳飘飘不见一只黄鹂
一行行白云倒像下地白鹭
成都阳光柔和地撒满台阶
每一年诗篇浪花飘绿溪流
春天蓉城花团锦簇笑吐芳香
爱心捐款手臂摇成漫天花枝
浣花溪从律诗绝句里旋出万花筒
一年四季在游子心头盛开不衰
春天它是草堂前盎放的蜡梅
炎夏它是浣花溪畔的出水红荷
仲秋它是武侯祠前高雅的金菊
寒冬它是十二桥芬芳的白兰
百读不厌的诗篇温暖心坎
浣花溪是灵巧的诗眼
杜甫草堂是最美的韵脚

第四辑 水色连天妙

游子异地他乡心有灵犀地奔波
把成都街市幻化为云彩花色
像浣花溪的莲花没入万千云霓

　　　　2021年9月15日改定

> 万物相逢一个家

澴水酒香鱼肥

不是河川，是天上街市连城贯村
亲孝昌旺孝感，日子水样淌情
九崚山倒映开花，荷叶如盖
亭亭玉立是枝上杜鹃画眉
音色婉转，唱亮一曲天仙配
清香阵阵是澴酒，说英雄吴禄贞
壮志在胸，千杯散去有余温
月光渺远，白兆山头榉树高
皮影戏夜夜飘绕神灵台
一帘幽梦醉了汤池惊了李白
澴川八景灯里荡起千双桨
沟湖相拥，晴空万里颂董永
捞网并举，鱼面敬亲枕衾暖
看花菜梗红，渔歌两岸答欢
观音湖连天，澴水花红鱼肥
江山只是浪花孝歌一声吼

不是人流，是矿藏楚城天上透彩
汉话融融麻糖甜，秦简这厢有礼
城隍台绿磁青花绝，筒瓦檐上雄

第四辑 水色连天妙

龙门山陶纹冒温泉，珍珠花开吉
荷花仙子款款来，南门码头是老家
大悟板栗味醇，千年只是一栋陶楼
孝感米酒有情，万年仍有诗香酒韵
萱草忘忧，少不了白居易一声笑
朱湖糯米天天重暖英雄佳人梦
孝感酱油豆酱能上国宾宴
汉川荷月摆满寻常百姓家
蜜桃烤鸡爽口，皇家酒后曾尝鲜
槐荫树下有奇遇黄孝花鼓响天下
彩船舞中品三蒸，糍粑发裂
仙女山边江涛急，河山壮阔
喝一回㵲酒，万事可重来

2021年9月30日

万物相逢一个家

一条河的动静

一条河汹涌流过五祖寺茶堂
头顶波涛滚滚内心静如止水
从达摩到正慈浮现多少星星
茶叶翻滚数不清

从六祖子时到今日申时
一条河悄然流淌千年时光
七杯过后周身沸腾
人不动心动，自己翻江倒海

2021年5月16日

唤江为乡

名楼不管三座还是四座
只有黄鹤楼靠家最近
李白横笛云空吹落一城梅花

长江无论多长
只有腰部夏口最早称为江城
伯牙的琴声醉了千年游子知音心

古镇不管名声大还是年纪大
只有武汉三镇兄弟首义
汉阳造里小人物开天辟地

城中湖无论多宽
只有东湖汤逊湖相继首屈一指
九省通衢壮阔了汉腔楚剧气派

2021年5月17日改定

万物相逢一个家

温泉见人浩荡

不像江河能见流量流向
温泉在你眼中不显真容
似乎死水一潭，存量有限
稍给它机会就源源不断
这些有温度的水默默流动
从看不见的深土层悄然而来
不与冰上污渍同流合污
满腔热情奔向接纳处
一直大方流暖你的心窝
让绝望者周身热血沸腾
漫山遍野翻滚无穷力量
这些干净液体打开大地心扉
让你看见清洁处别有洞天

2021年5月19日改定

蓝藻荡漾鱼塘

蓝藻暴长塘口，绿体无叶鲜艳
高温强光中表演团体操，如梦如幻
观者无语，坐看云起云落
池塘低盐，与人体健康相反
水体细胞壁夹含奇异糖体
分化静息孢子，不见经传
称为休眠体异己分子，贮养丰富
劣境中生育无数藻丝，扼杀抵制者
用死亡拼命耗占氧分，肆意酸坏水质
四大家鱼挣扎沉沦，掠夺使水域复杂
氮家族趁机壮大，磷类微不足道
此消彼长中缺氧不算问题
蓝藻异军独起，红霉素正午派上用场
阳光依然明媚，暗处拼杀撕开活路
光合菌硝化菌微生物受到器重
它们在与蓝藻的搏击中烈士频出
有的求援芽孢杆菌参战讨好友军
有的阻断蓝藻光合渠道改变环境
有的调整水体营养素掐死生命源
一千种努力最后只回到原始状态

2021年8月18日

> 万物相逢一个家

赤潮与其他生物

营养过剩是社会现象,忽略不计
某些微小浮游生物膨胀,不耐富态
肚子吃撑繁殖失控,不肖子孙侵蚀海水
朱色是表象,夜光虫兴风作浪
海水不堪一击,微藻细菌风起云涌
炮弹深夜打响,伤者清晨哭出声来
最危险的哑炮深入贝类和鱼体躲藏
不知何时爆响,死亡不像臆想

鱼鳃未中弹,意外堵塞损伤
整个空间缺氧,鱼类成群窒息
大量莫名生物诞生,世界变得杂乱
传说一些变化与氮磷钾类家族相关
大海似乎东高西低,有倒流趋势
偌大一片海洋像个酒瓶震荡
浮游植物动物底栖生物精神错乱
破裂的不只食物链,有的物种母子相悖

鱼虾蟹贝类索饵场一夜丧失殆尽
硫化氢以杀手面目反复出现残酷无情

第四辑 水色连天妙

海洋生物接二连三意外中毒死亡
陪葬名单含括鱼虾贝类，霍霍不肯中止
一种神秘力量不可左右无处不在
寄生鱼体发起隐秘攻击，人类惴惴不安
据说多种贝毒超越眼镜蛇毒素百倍
频频有人误食，事态不可预测

　　　　　　　2021年8月19日

万物相逢一个家

雪花飘浮世界

不是布片,是心花飘浮
普通雪花遮掩了视线
满世界捣乱,光斑纷纷扬扬
树木面目全非,隔着玻璃接吻
邻居不相往来,朋友远望一笑
雪花隔开了距离,看似相近
一朵朵山高水远形同路人
雪花模糊了一切,看似遥远
天地洋洋洒洒浑然一体
在雪花的冷寂中兔子清醒
这世界张弛有法男女有别
人与人不同,人与动物平衡有度
一杆秤平分秋色不见踪影
多一分西高东低,少一分
水满金山,谁也不是谁的王

2020年2月15日

第五辑

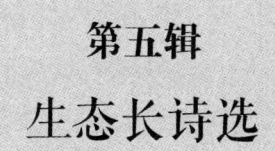

生态长诗选

生命之源
——写给中华水塔三江源

序曲：云起高原

北方以北苍穹无垠，水比天空干净
唐古拉山主峰安静，长江从容出发
高山冰川俊美超拔一路歌唱献花
巴颜喀拉山北麓低洼，黄河悄悄发源
湖泊星罗棋布，奇貌孕育文明摇篮
查加日玛云朵亮丽，澜沧江带彩启程
峡谷壮美，高原天堂呼唤生灵皈依
这儿草木畅茂，河流诠释生命意义
万物汲取大地灵气，日月聚阳
不是蜻蜓点水，是生命平等起源啊
不仅雪化如花，云彩会合精髓
不是一声惊叹，大自然元气所在
滋养人类生生不息泽被广袤大地
地球秘密再大，莫过一滴水的奥妙
看江河渺远万物鲜活，百草同根同源
看时间沧桑水质鲜嫩，洗尽岁月铅华
生灵自古共存，谁打开潘多拉魔盒

万物相逢一个家

谁就是大自然的公敌，葬身无地
三大江河起源同一母地，举世无双
致敬，中国乃至亚洲的生态安全屏障
神奇啊亚洲、北半球乃至全球气候敏感区
一年慷慨输送600亿立方米源头活水
提供中国方案敢为人先蹚出奇径新路

一、生态回击往往出人意料

成于草场，败于草场，不是天道轮回
大自然雷霆震怒，植被变色天地动容
受益于自然恩赐，也受罚于生态回击
随着海平面上升，一些植被消失
草地飞速缩小,往上是黑色山峰
石头裸露刀劈斧削，冰碛湖千疮百孔
曾几何时，整块草场退化弱不禁风
鼠类硕大，成群结队吞噬益草
癌细胞一般在草原扩张领地
挖掘团如影飘浮，虫草开始云游
河流一条接一条干涸难以阻挡
湖泊一个接一个消失力挽无救
冰川眨眼消融，冰塔林完全消失
雪线悲哀上升，连片沙漠吞噬草原
道路两边不见绿草，黄沙无序漫扬
沙丘频频上路，自驾游垃圾泛滥

第五辑 生态长诗选

牛羊驴马逃来窜去奄奄一息
森林日益消瘦，木材腾空场地远去
大气臭氧积聚不散黑云压城
地表水污浊黑臭，恶菌兴风作浪
地下水日益下降奄奄一息，万泉枯干
湖泊沙化睁着枯眼鬼脸瞪人
湿地赛跑式消失整年不减退势
一些物种濒危与水土流失比快
土地不堪重负频频向风沙低头
泥炭地干燥龟裂，裸露吓人的豁口
饿死牲畜骨架模样恐怖遥指苍天
成年母畜一晃三年不产仔模样瘦小
草原鼠洞数不过来，风沙唱了主角
流沙围困牧户，房屋夷为废墟
昆仑山口眺望无人区可可西里
秃顶土壤斑驳，草地几乎不见牲畜
一条黄毛狗跑散沱沱河干涸河床
不见奔腾河水，河滩裸露恶象
黑土滩深渊一样吞噬牧场……
天阴沉，乌云几乎压覆大草原
中国八成以上冰川盘踞于此举足轻重
随着高温魔鬼跳舞，逐年退缩变样
这个星球最敏感的一块皮肤起泡
一直做噩梦，高原蜥蜴纵横

二、这儿曾经水贵如油

长江源头第一县曲麻莱早年水草丰美
谁也不会想到水塔源地曾经水贵如油
一桶水五角两桶封顶给别人留余地
仅有几口水井铁链封护视为珍奇
那年头拖拉机拖着大水箱沿街卖宝
未到县城中心，水已抢购一空
没有水源的工地告急电话不停
洗车行缺水逐年减少，饭馆一落千丈
大货车排队加水天天早起当大事
眨眼间育人数代的百井枯竭锈迹斑斑
水事不大，约束着经济引擎旋转
居民尝尽苦头凝视大地奈何不得
洗脸擦地节约当先，老人说从前不缺
短短几年水位下降江湖干涸
树叶怏怏挂满忧伤，猫狗伸舌叹息
不敢仰望季节来路，缺水伤口最痛
举县被迫迁移，旧县城满目疮痍
哈克松山脉退化几乎不见绿色
哈克沟草原褪去牧草，零星植物濒危
密密麻麻遍布大大小小洞穴
觅食鼠兔随处可见草场越来越小
易拉罐塑料片死羊死牦牛扎堆示威……

垃圾取代可可西里风光带侵蚀青藏公路
牧民相继离去,危机潮颠覆一切……
风落在沙路上没有一丝草香

三、三江源之光:国家战略方兴未艾

连绵山峰,澄澈河湖,雪域高原冰清玉洁
首个国家生态公园诞生,最后净土开花
独特第三极地,最完美生态生儿育女
广袤天地间,古老绮丽宝藏沉静灵魂
隐藏着自然与生命的一切未知
这片世界最大保护区,梦想色彩斑斓
五千年文明是尺,算好长远账整体账大局账
日新月异变化是答卷,只能交出满意成绩单
四十年前睡狮苏醒,雄性睾丸投影高原
大地为之震颤,雪山抖身露头
十年快车道,一年磨一剑涅槃重生
国家三江源生态战略石破天惊
欣欣向荣花园诠释国之大者应有之义

恶劣缺氧勒紧高原,大手笔遏住恶化魔头
停止这儿GDP考核,扼制高污染怪兽
国家投入激活引擎,冲锋号响彻天地
高原脱胎换骨,草量跃升欢喜高度
生态岗位底层开花,人肩托起长虹

万物相逢一个家

生态大幕覆盖门票经济，动植物唱亮主角
房车营地变保护中心，折射生态变迁史
昂赛大峡谷试点，百余团队激活蛮荒地带
九龙治水到合力冲驰，村村铺开天罗地网
昂然闯出中国范例，珍贵自然资产举世钦羡
澄澈一江清水东流，细节雕刻山水情怀

三大江河年均多出58亿立方米清洁水
止饥除渴最神，创造无数前所未有的奇迹
首个国家公园地方性法规施行剑指苍穹
首个生态法庭、国家公园研究院别开生面
生态管护岗位率先覆盖所有牧户共享共进
首个生态补偿机制试验区刀刀见狠慨然登场
深化补偿改革掀开新愿景，山河呼应有力
长江保护法首建生态流量保障制度不留遗憾
立体保护轴承旋转不倦，江水不腐有声
黄河规划纲要构建多元绿色廊道无限延伸
生物多样性保护白皮书煌煌展示中国成果
国家生物保护意见再掀和谐共生风帆
万处保护地实证中华大地万物平等道法自然
十五次缔约方大会盛赞中国行动堪称楷模
人物和谐画面温暖全球，中国风景独好
绿水青山就是金山银山，爱光放到极限
像龙全域性发力，区区联通保持线带完整
像虎多样性发展，互不侵扰维护物种平衡

像豹长久性构建，升级生态屏障天衣无缝
源头摇篮吟唱中华文明曲，彩霞五光十色
这里生态奇观享誉世界，高端体验漾人心怀

四、人类给草场动物让出家园

没谁封万物灵长，人类无意主宰自然
千百年来山河显赫，也向人类低头
百兽不可一世，遇人束手就擒
人类栖息地扩延，物种自觉退让
昆仑山顶吼一吼，地球应声抖三抖

没有自醒的生灵不具高贵灵魂
人类冰雪警醒，超越万物聪颖
这世界遵守自然法则彼此安宁
天地良心，对故乡无情不是完整人生
不谈牺牲，牧民依依惜别世代生息地
人生也许一千次告别，次次水样重聚
只有这次告别无限，骨肉分离是大爱
搬迁放开故园生机，从此草美羊肥
以对雪山的崇敬，体现博爱的高度
以对草木的痴情，让出相依的家园
以对生物的真爱，展开心灵的宽度
无私水珠净化魂魄，大地越爱越辽阔
爱流润泽山水草木，地球葱绿茂盛

汗水可以积聚江河，水势充沛源远流长

五、鹰鼠大战复苏草木花色春意

万物恪守法度，大自然守衡相安
猿有自知之明，举止有度灵光四溢
过界意味灭亡，鹰在天空嗷叫
鼢鼠硕大的倒影遮蔽湛蓝天空
灰色褐色红色鼠群奔涌残酷吞噬影像
草原突然变成鼠海，苍鹰目瞪口呆
一时间土豆绝种，草根衰朽，鼠洞横行
洞穴世界张开无边黑暗，虫蛇昏昏冬眠
鼢鼠咬根毁茎不倦，植被哀鸿遍野
地表千疮百孔，与风沙比赛衰相
生物无家可归，鸟雀哀号黑土滩
鼢鼠箭神出鬼没，老鹰暗设天网
鹰雕鸢鹫鼬蛇与草为友相依活命
招鹰架撑起小草生命线，鹰群啸聚
俯冲捕食生死仗，万类霜天竞自由
不是每一次弱肉强食都被憎恨
鹰巢投下生机影像，光斑洒满草地
饵料成为主角，唯恐招待不周
黑翅鸢雕鸮大鵟飞过天空掌声接应
虎鼬艾虎白鼬黄鼬路过草地笑声附和
原野开始返绿，毒素粒扮演好角色

猛禽能否栖息让人类寝食不安
天敌概念在草原别具战略意义
不远处点点跃动,藏犬陪伴羊群
鹰架壮观,偶尔会有红隼客串献歌

六、复活湿地壮阔生命摇篮

湿地瑰丽奇美,水体母库复苏传神
生灵孕育其中,无数种群繁衍兴盛
季节转化芽叶,三江源摊开美妙画卷
高海拔湿地群造就世界最大地球肾
这儿河流纵横,每一条河与人类血脉相连
这儿湖泊众多,每一滴水构成生命源泉
这儿沼泽广布,每一处泽地积聚维生琼浆
这儿冰川发育,形成取之不竭的冰群部落
这儿资源丰富,庞大淡水库不可重复
这是国家气度玉汝于成妙手催春
大手笔涂浓湿地生态效益喷发图
大气派推动退牧还湿工程遍地结果
鸟雀纷飞沼泽茂盛星河画天地共赏
沉寂多年的黄河源湿地飞出黑颈鹤群
一度绝迹的黑鹳鸣叫楚玛尔河湿地
金雕在沱沱河湿地大面积安居嬉戏
当曲河源头百鸟来朝盛况百世罕见
澜沧江河源大片沼泽复兴秃鹫一鸣惊人

大群斑头雁渔鸥白鹭赤麻鸭不请自来
鸟类闪烁生态王国桂冠一天比一天浩大
媲美杜鹃山丹花的艳丽，龟裂地重返泽国
水草活出新花样，静悟大自然的奇妙
感受纯净和谐乐曲高于规则喧嚣的窍门
阳光透过层出不穷的云朵吻送爱意

七、湖泊数不胜数孕育万物之灵

三江源升华中国智慧，女娲巧复地球肾
整千整千公顷封育草场，不让渣类染指
封回一百个反对理由还草类自由
167个大湖泊护腰壮气，星宿海倒映蓝天彩
大集合四千个小湖泊涵养水土调节河川
一剑封喉污染恶魔，复活湖泊如出水芙蓉
亘古未变的山水宁静，怀抱宝石定神
乡村马匹装上环保网兜跑亮月色
水质清纯，好转速度赛过马蹄
免冲厕所改掉陋习，开千年未有之变
垃圾箱无处不在，文明不只种下一棵草
节能控涝有章，实时预警比豹灵敏
航拍遥感突发事件，风向了如指掌
人类张开的胸怀再现千湖奇观
最原始最纯净的荒野秘境敞开心扉

第五辑 生态长诗选

鄂陵湖扎陵湖两颗明珠独步云天
久别姊妹湖牵手新时代步履轻快
像双槐树遗址的牙雕家蚕闪耀黄河文明
一股无尽神力时时导引天地正气
总有力量止住过度放牧，人给草让路
岩羊野驴湖边润口，植被一路覆盖远天
高峡圣水慷慨，每年多12个西湖姑娘伴舞
无私年增十亿水量，丰厚东南亚生命水库
如镜湖面倒映苍天云卷云舒

扎陵湖大贝壳摇摆黄河玉带美丽剔透
连绵青山粼粼碧波相映妖娆
黄河主流偏南穿越湖心雁鸣悦耳
乳黄玉带飘曳悠然甩亮两串玉佩
一半湖清澈碧绿，一半湖微微发白
三岛水鸟纷飞，白色长湖天女散花
无数雁鹤鱼鸥衔春游兴，传递福音
巴颜郎玛山南面河谷九流穿峡
织出巨辫水系九九归一奔向天际

争抢鄂陵湖宝葫芦，波澜惊涛拍岸
水色深绿烟波浩渺，可揽九天星斗
天昏地暗掩不住旌旗猎猎人马鼎沸
远远走来吐蕃王朝迎亲马队欢天喜地
白帐翻风，掀开格萨尔王降魔壮观

浪高波低高原出平湖横竖不淹南北
风平湖静纤萝摆样明心，山高云白
水中模特走秀，蓝色长湖诱人爱恋
鸟群会餐小西湖，浩远碧空如洗

冰消雪融水涨漫堤鱼虾随游欢乐世界
雪化水枯鱼虾跃滩，不费力气饱餐
万鸟蔽日嘎嘎鸣叫数里闻声
天鹅大雁野鸭鱼鸥穿梭戏镜
玻璃天幕上樱桃白云湛蓝怀春
牛羊驴马跃珠玉盘百看不厌
黄河源千湖相伴雍容华贵不骄不吼
娇羞矜持宛若小家碧玉逗人珍爱
这温情连紧山水林田湖草，蓝天倒映闪光
东看鄂陵湖如大象仰天长啸
偏北牛头高扬，万物奔流气势舒畅
华夏之魂河浑厚，经典玄妙超越想象

八、消灭黑土滩再现草低见牛羊盛景

曾几何时，黑土滩一块块斑秃
沙旋一个接一个，长龙一样飞舞
一片片裸露瘠地，不让绿色露面
马绊肠摇晃黄花冠，马群成片中毒
草原秦艽不治风湿，专害垂穗披碱草

第五辑 生态长诗选

南山蒿分解毒质,地下摆兵布阵
黄帚橐吾黄花吐信,蔓延不知进退
白色乳液使万千牛羊食后晕厥
摄取水分养分无度,不顾邻居健康
瑞香狼毒肢解土壤,根茎不产藏纸
亦不治疗溃疡,挤得草类喘不过气
狼毒大戟不治头癣,牛羊不安水泡遍身
误食马匹恶心呕吐,望天狂躁雀跃
月腺大戟不治咳嗽,食草动物咋舌却步
密花香薷紫花亮丽,草场观赏无益
与感冒水肿无关,羊咬着头昏脑胀
此物结实率高,土中宿种多萌发早
密度大生长快,有它同类无处生根

高原它们是毒草,不具药材意义
这儿属于披碱草,早熟禾复活草地
耐瘠抗寒身子硬,对土壤索求不多
早熟禾直立质软,圆锥花序晃着小花
像草原莽姑娘喜光耐阴人见人爱
披碱草叶片扁平上糙下滑看着顺眼
穗状花序直立,穗轴边缘纤毛逗趣
成熟期摇着黄穗,12朵小花挤媚眼
姿态雍容高雅,枝条繁多迎风招展
分蘖期是家畜珍品,牛羊爱不释口
长势茂盛一个季节两次刈割不缩头

像高贵雪峰让遍地兽类仰视
调成干草颜色鲜绿气味芳香
适口牛羊驴马，膘肥体壮是头畜
遇到护坡放低身段舍身护土
固沙抗瘠抢在前，粉身碎骨平常事
草地换了颜色，韭菜夏天如诗如画
牛羊如织，草高及膝，鲜花点点
风吹草低见牛羊复原天上人间
不到此地不知大自然神奇斑斓

九、生物多样性开启和谐共处风帆

藏羚羊藏野驴野牦牛白唇鹿奔腾茫原锦缎
高寒生物库狂放异彩，谁敢妄称万花筒
85种兽类毛色奇特咬叨吠吼嘶各显神通
237种鸟类羽毛光亮唧唧啾啾引颈长鸣
48种两栖类或栖或飞或游噪鸣水陆得意
2238种维管束植物交织，根茎叶遇光分化
40种濒危植物贵不在稀，在于有益自然
这世界广阔奇妙，天生有责，缺一物不可

雪山缓缓隆起优美曲线，此间花好月圆
稀有藏棕熊摇摆胖样，高原醉酒摇晃
样子懒散心不在焉，暗里齿尖牙利
旱獭兔子谷物草籽水果当作普通拼盘

第五辑 生态长诗选

不挑剔不叫狠,潜伏高原食物链顶端
在别的物种麻痹时闪亮登场

数百野牦牛组团吃草,体态悠闲
耐寒耐饥耐渴耐苦,好一个高原力士
清晨觅食,催生新一轮苔草莎草蒿草
大熊猫荒漠猫降级,不再濒危惊心
众多稀缺物种失宠,种群不断壮大
金钱豹白唇鹿马麝黑颈鹤司空见惯
罕见的白尾海雕金雕不用担心绝迹
藏羚羊,青藏高原精灵萌态可掬
种数七万到三十万,坐实基础物种
雪豹棕熊秃鹫老鹰以它们为食
麻雀乌鸦众鸟跟着分享美味
维护完整食物链,草地天高云淡

长江源头通天河畔成群马鹿游春
斑头雁悠然飞过鄂陵湖阵型美妙
扎陵湖一群硕大的藏野驴饮水斗欢
青海湖特有鱼种湟鱼爱演健美操
普氏原羚带来视野美,高原比梦恬静
藏狐丑态百出游湖,雪豹闲逛冰面
大群物种高海拔生态圈争测气压
草高水多风沙变小气候趋好
花香草绿梳妆高原,消失物种重现

藏羚羊狼狲狲若无其事穿越铁路
野生动物不怕人，蓝天下徜徉情怀
牦牛打理草场，藏野驴凉歇一旁
双方没有试探，各自埋头吃草
不同物种混杂玩水闲语美好

县城游来雪豹，牧民撞见棕熊朋友
拳大鼠兔，车大野牦牛摆活生态链
生灵随意出没，荒芜与生机寻欢作乐
一草一木不能膨胀，维持内在平衡
蓬勃一片区域接受大自然支配

十、高原灿烂：跋涉者踏亮希望之光

高原孕育大江大河，鹰击长空
三大江奔腾民族血脉，博爱无敌
无一物可以独存，共处才有活路
生命属于个体，更是自然一部分
世界无穷大啊，生灵异常小
人类卑微得不能忘乎所以
哪怕真是万物灵长，也不能操控一切
谁叨念征服的魔咒，谁便万劫不复
人与自然和谐相安是不二法门
珍惜大自然便是珍惜自己生命
爱护三江源便是爱护自己双眼

第五辑 生态长诗选

互尊天地辽阔，格桑花生生不息

登临日月山，祁连山脉雄伟蜿蜒
青海湖天然水坝一望无际天宇多蓝
季风区与非季风区湖样泾渭分明
黄土高原与青藏高原河样叠合无缝
农耕文明与游牧文明水样交融互补
唐蕃古道翻滚和亲热泪，融合互强
历史是不易察觉的镜子也是警示碑
一边阡陌良田，江南风光独好
一边草原辽阔，塞外牛羊成群

阿尼玛卿山雄峙，众多冰川千姿百态
雪鸡对空叫欢，神峰有灵天籁高远
冬虫草贝母大黄羌活顺水滋润下游
约古宗列盆地冰清玉洁热情似火
丘陵矮崖缀花，草甸湖泊鸟鱼撒娇
卡日曲小溪发大河，习惯小中见大
江源如帚，枝状水系分布奥妙
像大地的根茎也像盛鱼的网兜
太极图上红花绿绒蒿炫美，虫草透香
蛇曲美学奇妙，红砂岩见水表丹心
可可西里沸泉群抛洒朵朵盐花
沿河直下，汇聚昆仑山南坡圣水
楚玛尔河大桥连天，成群藏羚羊灵动

盛夏进入卓乃湖可可西里湖太阳湖
生命光泽与长虹一起壮美
东望昆仑山西眺大产房，羊鹤情深
山脉绵长，雄鹰飞不过唐古拉山
当曲河沱沱河怒江澜沧江从容发源
群里扎西大嘴鱼小鳞红尾鲤鱼畅游送乐
缺氧高原蓝色红色白色金鱼交相耀眼
形状迥异，或双尾或单尾异常灵敏
海藻植物茂盛如云，深藏生态之谜
极地令人神往，志愿者鸟样飞翔
拾垃圾勤于鸟类觅食，清洁水域给鱼开路
零废社区移风易俗，比候鸟更挑剔环境
千百年传袭习惯瞬间改变一鸣惊人
可回收讲课有趣，一棵草羊肚循环美好
项目像湖泊起潮，高原人才鱼翔大渊

十一、人羊形影不离温馨天地

山水林田湖草一脉共命，道法不可违
牧民蹚着齐膝积雪逆风送粮不奇怪
断顿藏野驴绝处逢生，严冬不再漫长
伐木能手改行种树，半月穿坏一双鞋
北杨山杏云杉丁香珍珠梅互比茁壮
通天河深峡奔流惊险动作，吓晕生客
雨季浊浪滔天，山高水长直通远方

第五辑　生态长诗选

自古石路狭窄，高低起伏，颠簸难行
一会儿穿行山谷，一会儿攀爬山巅
康巴汉子驾着皮划艇高低摆布浪头
精测数据，打击盗猎盗采一网收尽
搜集豹粪崖上飞人，捞脏水上漂险
一草一木如数家珍，驴豹见人相亲
皮划艇云端起伏拼高，群山飞度见危
勇士握桨不松，暗流无奈一叶扁舟
日志记下万物行踪，巡山人不打诳语
有岩羊就有雪豹，美妙邂逅随时发生
雪豹马麝白唇鹿苍鹰盘羊目不暇接……
人物和谐，野餐锅碗瓢盆食材自带
煮茶煎馍吃干饼，风餐露宿天地当家
牧民持证上岗一腔热血沸腾不息
每一个人脱胎换骨，心灵纯净其中

捧着一堆编号奶瓶，火炉加热牛奶
藏羚羊宝宝嗷嗷待哺围成一团
可可西里巡山队员是最美"奶爸"
三餐准时，从手足无措到称心应手
他们在卓乃湖设立季节性保护站
途中呵护临产藏羚羊和产仔现场
收捡暴雨野兽惊扰迷途的羊羔
等不到母羊回来寻觅幼仔时放大爱心
抢当小羊"奶爸"，人羊形影不离

万物相逢一个家

长大的小羊放归大自然依依不舍
仍会季节性回家探亲，人类至亲
一户一岗接力，伤害动物会遭天谴
罗盘望远镜红外相机闪亮新牧民风采
拍摄雪豹交配，趴在地上大气不出
昂赛峡谷历险，美不胜收全在心里
雪豹豺狼棕熊猞猁岩羊近在眼前不惊

生态监测中心轻扬鼠标，千里放牧
云上实时看护野生动物不出意外
万种生物变化数据一目了然
网上触觉覆盖无路的可可西里沼泽
雪封区域无阻，风霜雨雪不变
科研团一身汗一身泥，乐在其中
露宿野外享受心灵与湖草的对话乐趣
珍惜一袋牛粪，弄清煮熟一锅肉的微妙
凤毛菊金莲花龙胆马先蒿藏蒿亲切可人
蜿蜒的河流和大大小小水洼越数越爱
倒映蓝天放晴，云是那样白山是那样青

尾声：山高水远

看三江源享受感官盛宴，一切意味深长
牦牛河孔雀河獐子河是多元文化原乡
龙鼓舞姿独特，雾中祈祷风调雨顺

越来越多牧民端上生态碗吃上绿色饭

无边草原牧歌悠扬，物种肥壮春秋

黄河源水甜静心云朵四海送花

澜沧江源密林钻不进人蕴藏无限美好

长江源广阔鸟海一眼望不到边

三江源这块巨型海绵再度丰润充盈

这儿高颜值无与伦比，万物延续奇妙

中国生态样本惊艳世界，方兴未艾

2021年4月3日白羊畈德艺聚书院初稿
　　　　10月11日静思阁改定

万物相逢一个家

希望绿洲
——写给国际治沙典范塞罕坝的赞歌

　　山水林田湖是一个生命共同体，人的命脉在田，田的命脉在水，水的命脉在山，山的命脉在土，土的命脉在树。

——摘自《人民日报》

序曲：人吹号角

塞罕坝，绿色宝玉闪亮紫塞明珠承德
浑善达克沙地南缘，喝沙止步点沙为金
不是魔术，人类汗水和智慧化朽出奇
茫茫荒原一个生命行走过于渺小
壮志凌云，一群生命挣扎足够强大
黄沙遮天，一代人面对过于短暂
三代接力谁敢称短，云朵不说麻雀渺小
飞鸟不栖，人在不叫不毛之地

浩瀚人工林海天际涌动彩虹碧波
万鸟慨叹联合国土地生命奖来之不易

什么简单，人不好说，天地焕然变色
获奖不是目的，阻沙涵水不是传奇
首都辽津作证，塞罕坝精神光芒不朽

贡献中国方案是拯救不为惊艳
荒漠猖獗，多少物种无可奈何
绝望处写活人字，中国人气魄宏大
关山渺远，细眼辨识世间哪有不解困难
感天地长远，有人便有纷纭一切
造林开湖，再大挫折只算一段传说

一、老故事已经陌生

19世纪中叶皇家猎苑木兰围场开围放垦
九日灼身山火不断，砍伐无度百年噩梦
时光对焦20世纪50年代，森林荡然无存
西伯利亚寒风长驱直入无绿空地
浑善达克沙漠悍然南侵，气候为虎作伥
风沙脏手紧逼北京，见者掩面
沙尘弥漫，土地日渐贫瘠不生物种
塞罕坝堕为沙源地一时无人问津
春不春冬不冬，一年一场风，从头刮到尾
大到面对面不见人，黄沙无处不在
愿望低到极点，零下四十三摄氏度打不住
人和季节僵在一块瑟瑟发抖

万物相逢一个家

积雪覆盖半年以上，土无出头之日

第一代林场人踏着过膝大雪上山
雪花几乎天天作恶，风沙脸上割肉
冷得跺脚方安，夜晚戴帽勉强入睡
早上眉毛帽子被子霜粒浑然一体
鸟雀不抱希望，除了风沙过剩
人心之外遍无一物，生存极难何况树木
外界冷得出奇，超过历史上所有冬天
更冷的是一些人心，有人不敢涉足
有人泪流满面风中不辞而别

太阳落下来，没有吹口气热度高
更多勇士默默前来，心是希望策源地
热情火把点燃冬天，日子难过慢慢过
吃黑夜面喝雪水有味无味不算英雄
住地窨冷乎冻乎没什么，人比兽强
那年头逞雄的是病魔，威猛不好对付
空气阴冷如刀，胃病风湿病是流行色
天苍苍，肺气肿心脑血管病见人插芽
地茫茫，有人股骨坏死有人怪症缠身
有人叠被子抖出一条蛇，人比蛇僵
有人不到五十岁殉职，伤感比天大
有人地窨子贴对联自嘲观者无语
高寒高海拔大风沙化少雨扎堆

像恶魔五指钳入塞罕坝肉身痛苦不堪

二、三代接力不过平常事

1962年冬天欠揍，天地囫囵翻个不成样
18省市127名大中专生受命前来播种
平均不到24岁，裹着青春肉身赤膊上阵
没人自命不凡，一棵苗平常对待沙地
没人喋喋不休，一群鸟得令从容前来
没有天之骄子，林场人愿望贵过金子
风沙没心肝，任意肆虐不同情人间变迁
首都告急堵不住沙源惊险无边
无疑是窗外向室内扬沙掀尘

给恶劣环境变魔术，比登天蹈云艰难
皇家猎苑没信过凡夫俗人胜天赢地
沙化地前赴后继，心胸就是蓝天
一只兔让人热泪盈眶，向幸存者致敬
一个宿舍六位女生弃城上坝，苦不避女
有极限地就有挑战，野草高过人腰
塞罕坝人先治坡后置窝山水生情
先生产后生活，劳力伤心从不孤单

曾几何时，大姑娘跳下粪坑掏粪为乐
一瓢瓢兜起恶臭，熏得吃不下饭

万物相逢一个家

一棵棵树苗吃得香甜，鲜活人心
这情景山水感怀，绿树含情婆娑
孤零破屋干草搭窝，报纸糊窗
不少人住进羊圈马棚，煤油灯当宝
严冬如刀，雪花死命直钻领口裤管
积雪三尺厚堵门，只能跳窗出行
衣鞋冻成冰甲冰鞋，咔嚓敲打雪原
冻伤手脚一不小心留下终身残疾
冰窝睡不着，烧热石头同被做伴
一年中很多天野菜充饥咬渡难关
盐水黄豆是美味，塞罕坝标配不一般

1984年冬天仍然寒冷，树木成林
荒漠远遁，风沙已不能随心所欲
第二代塞罕坝人四面八方涌来
艰苦没有改姓，天地间谈沙塞心
工棚雪水冷饭不提，安心就是功臣
猎狗守林没掉一滴泪，人比树硬

2005年春天，第三代塞罕坝人带来时尚
别人出国他们出城，沙地画像青春飞扬
别人发财他们发林，浑身泥汗当好山民
走过寂寞雨天，与浩瀚林海融为一体
呼呼狂风当伴，没有假日也没有烦恼
妻儿带到荒原，一个个新家共同贡献

孩子说真冷啊,多少事和林木一起长大……
一代代塞罕坝人绿叶一样接力不弃
献了青春献终生,献了终身献子孙
他们光荣在前,草木就有会心欢笑

三、种子不活希望还在

1962年季节奇冷,人的热情融冰有余
沙地板结不死不活,敲一镐叮当脆响
春天栽下千亩树苗,秋天成活屈指可数
种法没错,失误在哪里呼喊苍天不应
谜团破不了跺脚大地无解,火把空自燃烧
1963年春天似乎有应,汗水见树发酵
幼林幸存渐多,失败劫数依然青烟不散
沮丧如雾覆盖,泪水之外多了一层忧愁
创业者一棵棵刨根究底,铁锹枉费心机
一炉火降至冰点,吼一声山谷回音不大

五湖四海赶来者终于明白苗木非人
水土不服啊千里颠簸不经折腾
失水伤热捂苗是杀手,途中折命一半
塞罕坝风大天干,冰冻奇寒致命一击
金刚之身亦无生还,天空不留飞鸟痕迹
植根入土不过是给冬天积聚柴火
从落叶松到沙棘,再到柠条黄柳

试种什么死亡什么，对抗不着边际
失望落地如尘，不比冰雪暖多少
人往何处走，风沙黯然无语
林业工人哪有退路？国营林场牌大
没有树林，就像无鸟空笼
没有鸟的主人是什么，土地不吭声

一些树让人绝望，一些树给人希望
一棵功勋树撰开死结，两百年沧桑剖开
是水珠、泥土、绿叶、果酱和汗水集结
树犹能活人何喊屈，蚂蚁在天空排出活路
答案一直放在寻常地，行人忽略不见
有人冻坏下肢，有人再没站起
浑善达克沙地凶险，黄沙见树却步
大兴安岭余脉绵长，没有长过一种气概

四、打开魔盒的是风骨

一株株落叶松见证黄沙蔽日变迁
没有比成活更受鼓舞，人人梦到亿万青松
从零开始，传统遮阴育苗法被风吹走
高原首创全光育苗，人不睡苗睡
收集一山阳光交给新苗，催出大胡子
身块胖墩耐活，放哪儿调艳哪儿颜色

第五辑 生态长诗选

机械僵化，人不坐坑，麻雀飞亮天空
给旧机械和植苗锹插花，能做沙地新娘
千层板驹子沟土层薄若面皮不嫌弃
人在30度坡上包饺，素馅长出樟子松
植苗新法不只放生千树万苗
灿然放大人类梦想，插翅飞得更高

1964年春天有样，马蹄坑没有失蹄
一月会战人马累趴，站起幼林五百亩
下马风销声匿迹，好汉如山见树不散
林带汗水中顶天立地，走南闯北不只风
森林绿让世界和颜悦色惠风欢畅

气候恶魔不打不走，冬来春去没几个回合
鸟雀行树苗等不起，时间冰块一敲即碎
大穴整地，每一处坡地都是家园
客土覆膜怪招迭出，瘠土能成温室
沙地造林难上天，沙棘带状密植如履平川
沙土失态，柳条筐客土移植助力成活
三锹半植苗醉了行家，有难思变古今同理
一插一提一拧不简单，打开季节源头
心有多大世界多大，樟子松泰然生儿育女
云杉妻妾成群，橡树拖子带孙，族群庞大
砾石陡坡凿成林带，沙地沤成无边沃土

低温不算什么，垒起火炕慨然催芽
温度不给机会，湿度反复无常
人的耐心山大，增柴减柴心细如发
浓烟呛出泪水，呛不掉意志铁
冰粒挂在脸上，难受的是寒冬冷天
不是人，一朵朵梅花向阳盛开

一旦飘拂云彩，大雨冰雹押后
天敌说来就来，云彩呜呜动员
所有人扔下活儿跑成破巢急蜂
第一时间遮盖苗床给树木当妈
从容不只气度，大脚丈量世界
一天步行六十里，人不喘气树喘
它感激涕零，用安全率回报巡山人
缺水只是玩笑，随地刨坑过滤
涝塌子水不用多久清澈甜喉
松林走一圈鸟兽相伴，青松挺立
不是苍鹰花豹，是人打开天空大地
飞翔吧，万物皆可尽情歌舞

五、放开平衡，自然界没有大战

塞罕坝模式是母本，高山仰止
种树人原上筑墙，不让风沙吹过林带
雨雪越墙无力，火种龟缩一团

虫害"瘟疫"在树皮留下微小遗迹
松毛虫进标本馆，落叶松尺蠖绝种
蜘蛛没赶上捕食季，到处以树为尊
树叶一片不剩只是想象，人在树绿
繁殖季节心旌摇曳，百虫上演天敌战
大山雀一天吃掉五百害虫，增重快过树
啄木鸟日啄千只蠹虫幼虫意犹未尽
天牛吉丁虫透翅蛾无处逃身，树木浩荡
灰喜鹊与杜鹃展开灭虫大赛
松桦林中戴菊莺歌声动听，体态轻巧
山雀凶相毕露，松鞘蛾天蛾不敢逞能
一窝土燕一个夏季吃掉七万只蝗虫
摆在大地五公里长，闻者咋舌
林道漫漫，一千只椋鸟组成灭蝗大军
森林大势趋好，天空没有药害
一只猫头鹰一夏鼠口夺回一吨粮食
暮色中鸟类自己评选扑虫能手
夜里植物花粉四处传播希望
星鸦蓝大胆叼着橡子松子植树荒原
林带一个季节翻身，端出一轮旭日
光线打在绿叶上，针样耀眼

六、有些东西突如其来

老鹰过目难忘，雨凇景观不止一处闪亮

万物相逢一个家

漫山遍野别样银装素裹，奇景挥之不去
雨凇颗粒硕大，密度高，压得树木蹒跚
形态怪异，梳状椭圆状匣状波状形形色色
千树万枝摇曳冰糖葫芦，兽类瑟瑟发抖
路面薄冰机械打滑，电线自己收缩崩断

大地晶莹梦想剔透，森林美轮美奂
林场人敲刮电线雨凇，默默解放电杆
树苗被压烂，旷古冻伤不可避免
棚屋垮塌，六十万棵树拦腰折断
不知向谁示威，人类默默跑来救护
到处是断干折冠劈裂影子，风吹着流泪
林地一夜大变，十年成果损失过半
一滴泪悬于眼眶晶亮不转

塞罕坝气候无常，随唱川剧变脸
大旱灾精神失常，哭声或大或小
山林湖泊颤抖，夜声嚎嚎不见分晓
有时连续数月无雨，土地天宇飘烟
有人抚木痛哭，万亩旱死树遥指苍天
地上豺狼不服管理，野豹出其不意
月亮山裸露臂膀相扑魁梧大汉
虫雀默默忍受，塞罕坝人一镐敲天
有林场就有大地一碗水端平
以人挡灾亘古不变，千年只如一场风

树断栽树苗死复种，一条道往返几回合
猎狗锲而不舍见狠，人无迈不过的坎
龙卷风落下来只是一个速融冰激凌
扒开树底草丛，山鹰啄不到害虫卵
塞罕坝纯净如镜，灾难不着痕迹

七、一生种树只想做颗绿色种子

青春年少选择荒原，一生只干一件事
种树剖成大事业，青春如镐挥扬有度
种一棵树多一片绿荫，掌上世界温柔
呼吸与林带一起波动，湖水可口
一生激动时光栽树育苗中度过
林间五叶枫紫红艳丽，枝条细长光滑
老了围着树木打圈，山峦宁静
死了骨灰撒在林子，心里安详
生前种树死后肥树，林带无限环绕
一生活得树样笔挺死得木样坚硬
风骨留在林中发芽，金莲花止急清热
做一颗绿色种子，天地古来从容
蕨菜从春到秋相伴，多少事声声慢

塞罕坝纪录前无古人，石破天惊
半个世纪不长，三代人造林全球最大
115万亩林海壮阔，世界不再头热口灼

万物相逢一个家

4.8亿树木排列地球12圈，精神根根可数
12条绿丝巾飘绕，星球美艳清风悠扬
有人说相当于中国每三人种一棵树
或一棵树帮三个好汉，人树和谐

每年输送京津净水1.37亿，滴滴有灵
河的源头水土丰沛，草类自由洒脱
年放氧气59万吨，够两百万人呼吸一年
云的故乡天色湛蓝，鸟儿自由徜徉
这儿林木蓄积过千万数，绿色宝库浩瀚
林海碧波浩荡，青春激扬树的风采
每年涵养水源2.84亿，固碳86万吨
花的世界斑斓多彩，蜜蜂来回传粉
森林负氧离子高达每立方厘米8.5万个
大自然绚丽多彩，回馈人类巨大财富

站在月亮山，一幅美画卷起万千英雄
漫步尚海纪念林，林带茂盛怡人心田
登望海楼，看不尽绿色风光秋色醉人
风华跃于山水，云海波澜涌银递玉
大自然造化之功不是娇艳一时
人是创新巨擘，绿叶化腐朽出神奇
树木蓄含精神能量库，空间无限宽阔
向着太阳拔节生长，有人就有江山
天光尚早，一切花朵来得及吐蕊

美丽中国散开花海，闪亮世界桂冠
长河落日浑圆，草木感应有声

八、智慧从科技开始灿烂

荒原成了绿原，云上种植全国一盘棋
天南海北信息共享，病虫危害一键除
林场像个大操盘，鸟飞树倒实时监控
风霜雨雪尽入法眼，人没到网眼先到
不放过一丝意外，全天候守护绿世界

草地碳水通量观测像晴雨表反馈传奇
林木交错带谁感冒发烧一目了然
全球气候响应在塞罕坝报警及时
氮沉降对落叶松影响忽略不计赞为范例
人工林气候数据煎熟科研新果品
绿叶吸收氮元素，茎叶茁壮，果实膨大
人工林像稳重专家，从容消除不对称影响
蹚过生态脆弱区，较量中见分晓
物候学力士证实人工林生产力才是冠军

测定菌根真菌呼吸，触觉森林一样浩瀚
草地退化指数披彩，灿烂了数据花园
植物干扰降到零点，负氧离子旺盛
填补世界多项空白，塞罕坝独放异彩

高校纷纷开辟基地，国家公园一枝独秀
植物学生态学地理学林学齐头并进
人才接力开花，形成高级循环链带

风电给边界石山防火带添加功能扇
补偿费反哺生态，扇出林场万千活力
碳汇林吸收二氧化碳暴长，批量上市变现
平衡森林生态杠杆，山水微笑不语
行走塞罕坝，绿水青山产品最优

九、动植物惊艳山林迎客欢

塞罕坝是绿色长城，阻住沙漠南侵
她丝丝净化空气，扩大地球肺活量
每年吸收温室气体二氧化碳75万吨
一棵树一部制氧机一朵花一片生机
她时时调节气候，救活周边小气候
她平等庇佑生物，虫吟鸟鸣琴瑟和鸣
261种野生脊椎动物栖息没有忧愁
32种鱼类自由游弋湖泊，戏草为乐
660种昆虫装扮天地，演绎百虫图
625种植物张举大小仪仗，施礼迎客
47种国家保护动物偶露真容，沸腾山林
9种国家保护植物惊艳，怀抱琵琶犹遮面
侏罗纪世界生物发祥地焕发惊人光彩

海楼望远，各色花草翩翩起舞
一草一木一花掀舞生态锦缎
绿水青山静静释放人类追求
斗转星移人常在，蓝天白云交会一色
七星湖北斗映天，青林碧水作云行
太阳湖无泪，栈道长长老人临湖垂钓
他们神清气闲，与野鸭鸿雁相映成趣
泰丰湖杉树联营似有咚咚鼓响七百里
白桦林浓妆玉肌，分明是人挺拔气冲霄汉
月亮湖高原出浴，北望翠海一片绿
西南有羊唤人归，暖了深闺梦里人
茫茫森林枫叶溢金流丹春秋戏浓
御道口草原洞湖坡峡山有形叹为观止
篝火熊熊，漂流滑冰人流连忘返
河流星罗棋布绿在心头诚意郯郯可鉴
丘陵起伏万松布阵枝繁叶茂伏兵四起
曼甸连绵牦牛游走湿滩惊了雀鹰
滦河源头清澈见底，一条玉带入津卫
塞罕塔望尽林海八千里美不胜收
金莲映日株株相依金彩这厢有别
马鹿跑热故人泪，燕隼飞出漫天霞光

十、美丽与世界一起分享

环境美极旅游热透，好风景变好光景

春有群山吐翠，云映杜鹃平地起绿毯
夏有林海献花，朵朵烂漫万鸟戏蜂忙
秋有赤橙黄蓝，层林尽染不尽云彩滚滚来
冬有白雪冰雕，银装素裹一片玲珑挂玉翠
茫茫林海啊见证美丽中国异样风采
空气透着松香花香草香，来客心旷神怡
云杉、樟子松、油松、落叶松百赏不厌
绿草如茵铺展情怀，野花斗艳树草可爱……
是高档氧吧梦幻童话，更是人间奇迹
这儿无山不绿有水皆清山川秀丽

四面八方游客留恋陶醉，夸赞花鸟乐园
湖光山色中，大自然壮美心怀如痴如醉
古战场山水间，回味民族步履铿锵豪迈
浩荡人工海里，体味古今英雄气概
旖旎风光英雄情怀随风言说不尽……
一轮红日缓缓上升，明媚光芒晒暖大地
塞罕坝的绿，生机勃勃启迪遐思无限
塞罕坝的美，精彩绝伦浸润中华大地

尾声：时光无限美好

一棵树衍生一片海，不是树，是人潮滚滚浩荡
一块土扩出人工林，不是土，是精神开天辟地
光芒从默默坚守开始，美丽高岭没有死题

每棵树每个塞罕坝人都是标准答案
从高原荒漠到绿水青山，血汗搭出彩虹桥
从绿水青山到金山银山，智慧点化新天地
绿美亮的高岭明珠，茂密草甸清新撩人
广袤绿洲里，英雄与凡人没有区别
没想当名人，塞罕坝给他们罩上英雄光环
没想惊天动地，人造林带让他们家喻户晓
只想做普通人，一笔一画写生大地
对一切生物的尊重，灿烂繁荣人类自身
中国绿惊艳世界舞台，钦羡自力更生伟力
联合国隆重颁奖范例给人类带来璀璨曙光
一片片白桦林金叶银干，尽情徜徉美妙情绪
这儿景色迷人如梦如幻，每一棵树纯净心灵
这里无穷绿色，给人创造火箭和生机发射架
这里无边林带，无时不唱响可歌可泣的史诗

  2021年5月1日白羊畈德艺聚书院初稿
    10月21日静思阁改定